웹소설 작가를 위한 장르 가이드 2
판타지

웹소설 작가를 위한
장르 가이드 ②

Fantasy
판타지

전홍식·박애진 지음

북바이북

웹소설이라는 낯선 단어가 눈에 띄기 시작한 것은 2010년 이후였다. 웹툰이 먼저 있었다. 인터넷으로 볼 수 있는 만화인 웹툰이 점차 가시적인 성과를 보이면서 강풀과 조석 등 대형 스타 작가도 등장하고, 윤태호의 〈미생〉이 단행본 만화로 출판되어 200만 부를 넘어서고 드라마로도 성공을 거두었다. 인터넷에서 사람의 관심을 끌기 위해 시작된 웹툰이 대중문화의 중심으로 우뚝 선 것이다. 웹소설은 웹툰이 걸었던 길을 따라간다고 볼 수도 있다.

그러나 이미 인터넷 소설이 있었다. 1990년대, 인터넷이 활성화되기 이전 PC통신 게시판에 올린 소설이 인기를 끌었다. 이영도의 『드래곤 라자』와 이우혁의 『퇴마록』을 비롯해 유머 게시판에 올라온 『엽기적인 그녀』와 귀여니의 『늑대의 유혹』 등도 화제였다. 수많은 네티즌이 열광하며 읽었던 인터넷 소설은 책으로 출간되어 수십만, 수백만 부가 팔려나갔다. 『퇴마록』과 『늑대의 유혹』 등은 영화로 만들어졌고, 『엽기적인 그녀』는 한국만이 아니라 할리우드와 중국에서도 영화화되는 등 엄청난 인기를 끌었다. 인터넷 소설의 대중적 인기는 얼마 가지 못해 사그러들었지만, 마니아들은 여전히 남아 있었다.

독자는 언제나 재미있는 이야기를 갈구한다. 최근 조사에 따르면 출판시장에서 국내소설보다는 외국소설이 훨씬 많이 팔리고 있다. 국내소설을 고르는 기준이 작가인 것에 비해, 외국소설은 재미있는 이야기였다. 국내소설은 여전히 순문학이 주도하며, 문장력과 주제의식이 중요하다고 생각한다. 그래서 흥미롭고 즐거운 이야기를 찾는 독자들은 외국소설을 읽게 된다. 베르나르 베르베르, 무라카미 하루키, 히가시노 게이고…

인터넷 소설이 인기를 끌었던 것도, 당시의 젊은 층에게 어필할 수 있는 이야기와 정서를 가지고 있었기 때문이다. 한때 일본에서도 인터넷 소설, 일본판 웹소설이라 할 게타이(휴대폰) 소설이 한참 인기였다. 『연공』, 『붉은 실』 등이 대표적이다. 일본에서 게타이 소설이 젊은 층에게 인기를 끄는 이유는 이랬다. 장르의 애호가가 직접 소설을 쓴다, 연령대가 비슷하여 작가와 독자의 거리가 가깝다, 실시간으로 반응이 오가며 작품에 반영된다, 철저하게 엔터테인먼트 지향이다. 인터넷 소설이 인기 있었던 이유도 비슷했고, 지금 인터넷 소설의 적자라 할 웹소설도 마찬가지다. 과거에는 주로 컴퓨터로 보던 것이 모바일로 바뀌면서 웹소설이라고 이름만 바뀐 것이다.

지금은 '스낵 컬처snack culture'라는 말이 유행이고, 잠깐 즐겁게 소비할 수 있는 문화와 오락이 대세가 되고 있다. 그런 점에서 웹소설은 웹툰보다도 간단하고 용이하게 소비될 수 있는 장르다. 이야기도 필요하지만 그림이 필수적인 웹툰과 비교한다면 웹소설은 진입장벽이 더욱 낮다. 그래서 더 많은 작가가 뛰어들 수 있고 다양한 이야기가 빨리 많이 만들어질 수 있다.

이미 네이버웹소설을 비롯하여 조아라, 문피아, 북팔, 카카오페이지 등 주요 플랫폼에서는 엄청난 양의 웹소설이 올라오고 있다. 네이버웹소설이 공모전을 하면 장르별로 4, 5천 개의 작품이 들어온다. 그만큼의 예비 작가가 있는 것이다. 모 플랫폼의 경우 한 달에 천만 원 이상의 수익을 올리는 작가가 30명이 넘어간다고 한다. 네이버는 그보다 많을 것으로 추정된다. 기존 문단에서 창작으로만 이 정도의 수익을 올리는 작가는 열 손가락으로 꼽을 정도다.

과거의 인터넷 소설이 유명무실해진 것은, 작가가 수익을 올릴 수 있는 방법이 종이책밖에 없었기 때문이다. 인터넷 소설을 게시판에 올려도 수익이 없기에 안정적으로 창작을 할 수 없었다. 하지만 지금은 웹툰이 닦아놓은 기반 위에서 웹소설도 유료화 정책이 가능해졌다. 인기를 얻는 만큼 수익도 많아진다. 웹소설이 아직까지 대중적으로 유명해졌다고 말하기는 힘들지만 산업적으로 자리를 잡아가고 있는 것은 분명하다. 그리고 젊은 층을 중심으로 점점 인기가 높아지고 있다. 종이책으로 따지면, 대중적으로 인지도는 약하지만 라이트 노벨의 판매가 일반 소설에 못지않은 것과 비슷하다.

웹소설은 한창 성장 중이고, 여전히 작가가 필요하다. 하지만 뛰어난 작가의 수는 절대적으로 부족하다. 웹소설을 지속적으로 소비하는 마니아만이 아니라 일반 소설을 읽는 독자의 마음도 사로잡을 정도의 작품을 내는 작가는 많지 않다. 그렇기에 지금 웹소설 작가에 도전한다면 그만큼 성공의 기회도 많다고 할 수 있다.

형식으로만 본다면 웹소설은 대중적인 장르소설이라고 할 수 있다. 로맨스, 판타지, 무협, SF, 미스터리, 호러 등 장르적인 공식을 이용하여 만들어지는 다양한 이야기를 말한다. 소설과 영화에서 장르가 만들어진 것은 대중의 선택을 쉽게 하기 위해서였다. 각자 자신이 선호하는 장르를 찾아내면 지속적으로 즐기게 된다. 마찬가지로 일본의 라이트 노벨에도 모든 장르가 포함된다. 인기 있는 장르는 로맨틱 코미디, 어반 판타지urban fantasy, 스페이스 오페라space opera, 청춘 미스터리, 전기 호러 등이다. 서구의 할리퀸 소설이 판타지와 결합하고 팬픽이 더해지면서 확장된 영 어덜트_{young adult} 역시 수많은 장르를 포괄한다.

그러니 웹소설을 쓰겠다고 생각한다면 일단 장르에 대해 고민해볼 필요가 있다. 내가 어떤 장르를 가장 좋아하는지, 어떤 장르를 가장 잘 쓸 수 있는지… 보통은 내가 좋아하는 장르를 쓰는 것이 제일 수월한 길이다. 내가 보고 싶은 작품을 내가 쓰는 것. 그러기 위해서는 내가 많이 읽어왔다고 해도, 장르에 대해 조금 더 자세하게 알 필요가 있다. 판타지라고 썼는데 독자가 보기에 전혀 다른 설정과 구성이라면, 작품의 완성도와 상관없이 욕을 먹는 경우도 생긴다. 한 장르의 마니아는 선호하는 유형이나 장르 공식이 있는 경우가 많기 때문이다.

'웹소설 작가를 위한 장르 가이드'는 웹소설 작가를 지망하는 사람들을 위해서 기획된 시리즈다. 시작은 KT&G 상상마당에서 진행된 웹소설 작가 지망생을 위한 강의였다. 이전에도 소설 창작 강의는 많이 있지만 의외로 장르에 대해 알려주는 과정은 거의 없었다. 대부분 소재를 찾는 방식, 문장력을 키우는 법, 주제의식 등에 대한 강의였다. 그러나 장르를 쓰기 위해서는 지식도 필요하고, 테크닉도 필요하다. 미스터리를 쓰려면, 일단 미스터리가 무엇인지 알아야 한다. 고전적인 미스터리는 무엇이고, 어떤 하위장르로 분화되었고, 지금은 어떤 장르가 인기를 얻고 있는지 등. 또 로맨스를 쓰려면 로맨스는 어떻게 시작되었고, 할리퀸 로맨스란 대체 무엇인지 등을 기본적으로 알아야 한다. 자신의 일상을 담은 소설이나 장르에 구애받지 않고 대하소설을 쓰는 것도 얼마든지 가능하지만 하나의 장르에 기반하여 혹은 복합적인 장르를 활용하여 소설을 쓰고 싶다면 우선 장르에 대해 알아야 한다. 또한 오늘날에는 로맨스 장르만 하더라도 설정에 타임 슬립이나 판타지가 끼어드는 등 장르가 결합되는 경우도 점점 많아지고 있다.

웹소설은 대중적인 소설이고, 재미있는 소설이다. 재미있는 이야기를 만들어내고, 독자가 원하는 캐릭터가 마음껏 움직이는 소설이라고나 할까. 엔터테인먼트를 내세우는 소설이라면 가장 먼저 독자의 기호와 취향 그리고 만족이 앞서야 한다. 그 다음이 작품성이다. 주로 킬링 타임이지만 가끔은 지대한 감동을 주거나 깨달음을 주는 작품이 나오기도 한다. 그렇게 장르는 발전한다. 아직은 웹소설이 변방에 머물러 있지만 점점 더 중심으로 다가올 것이다. 그러기 위해서는 더 많은 작가와 작품만이 아니라 더 뛰어난 작가와 작품이 필요하다. 당신이 필요한 이유다.

김봉석

차례

1

판타지란
무엇인가?

판타지의 정의

판타지란 이야기나 세계 설정의 중심에 마법이나 괴물 같은 초자연적이고 환상적인 요소를 담은 이야기이다. 따라서 판타지의 무대는 대개 환상적인 요소를 갖고 있는 가공의 세계지만, 이따금 현실 세계를 무대로 전개되기도 한다.

장르로서의 판타지는 서양의 중세풍 배경에 검과 마법으로 악의 무리를 물리치는 『반지의 제왕』 같은 작품만 가리키는 경향이 있다. 하지만 본래 판타지란 현대나 미래를 무대로 하고, 검과 마법이 없을 수 있으며, 선과 악의 싸움이 아니라도 상관없다. 마법사 대신 도사가 나와서 술법으로 퀴즈를 풀어도 판타지이며, 아이가 개미처럼 작아져 벌을 타고 날아다니거나 귀신과 연애하는 것도 판타지다. 다시 말해 '환상적인 요소를 가진 세계에서 환상적인 사건과 함께 펼쳐지는 삶의 이야기'가 판타지이다.

다만 한 가지 조건을 두자면 판타지에서 벌어지는 마법적이고 환상적인 사건에는 뭔가 이유가 있어야 한다. 판타지의 하위 장르 중 하나인 '마법적 사실주의'처럼 다소 예외는 있지만, 대개 그 이면에 어떤 타당한 이유가 있으며, 한 번 일어난 일은 규칙이 되어 다음에도 일어날 수 있다. 예를 들어, 만화 『강철의 연금술사』에는 '연금술은 등가교환'이라는 법칙이 있으며 이 법칙에 따라서 모든 이야기가 진행된다.

정리하면, 판타지는 '환상적인 요소를 가진 세계에서 그 세계에 있는 신비한 법칙에 따라 어떤 일이 일어나고 이를 통해 이야기가 진행되는 작품'이다. 이 정의에만 맞는다면 특별한 제약은 없고 그만큼 자유롭게 상상하며 세계와 이야기를 만들 수 있다. 따라서 판타지는 매우 다양하고 개성적이다.

판타지와 SF

판타지는 가공의 세계를 무대로 한 상상의 이야기라는 점에서 여느 장르 작품, 특히 SF Science Fiction 와 비슷하게 보인다.

판타지와 SF는 우리가 살아가는 현실 세계를 바탕으로 하되, 세계 그 자체에 변화를 준 작품이다. 그 세계에선 마법이나 특별한 과학 기술, 외계인이나 마녀처럼 우리의 현실에는 존재하지 않는 어떤 것이 등장하며 이들에 의해 특이한 이야기가 진행된다. 우리가 사는 세상과 비슷할 수도 있지만 다른 세계, 우리와는 다른 '세계관世界觀'[1]을 가지고 이를 통해 이야기를 만드는 작품이다.

판타지와 SF에서는 특이한 설정만이 아니라, 작품 속의 인물들이 세계를 바라보는 관점에서도 흥미로운 이야기가 나오는 게 매력적이다. 예를 들어, 〈스타워즈〉의 독특한 세계와 제다이라는 캐릭터는 관객에게 멋지게 보일 뿐이다. 하지만 〈스타워즈〉 세계에 사는 사람에게 있어 제다이는 존경의 대상인 동시에 두려운 존재로서 그려진다.

이처럼 특이한 배경 설정을 가진 판타지나 SF에서는 관객이나 독자의 눈만이 아니라 그 세계에 살고 있는 인물들의 세계관을 잘 그려내는 게 중요하다. 그런 점에서 판타지와 SF는 비슷해 보이지만 일반적으로 다음과 같이 구분한다.

신비한 사건이 일어났다. 그 원인은?
• 마법, 상징, 신의 힘, 또는 잘 모름 → 판타지
• 과학법칙이나 특수한 기구, 초능력 → SF

사건이 일어난 장소는?
• 과거, 시골, 폐허 → 판타지
• 미래, 도시, 우주 → SF

말하자면, 과거를 무대로 마녀가 등장하여 마법을 쓰면 판타지, 미래를 무대로 과학자나 초능력자가 과학기술로 사건을 해결하면 SF라고 부르는 것이다. 이처럼 마법과 과학, 그리고 과거와 미래를 기준으로 판타지와 SF를 나누는 것이 일반적이다. 그러나 SF에서 현실에는 존재하지 않는 과학 법칙을 만들어 상황을 엮어내기도 하고, 판타지에서 연금술이나 마법 따위에 체계화된 설명을 붙여서 과학 법칙처럼 만들 듯이 마법과 과학만으로 두 장르를 구분하는 건 쉬운 일이 아니다. "충분히 발달한 과학은 마법과 구분할 수 없다"는 아서 C. 클라크의 말처럼 마법과 과학을 구별하기도 쉽지 않다. 도적에게 쫓긴 공주에게 마법사가 미로 같은 숲으로 도망치게 하면서 "이 돌은 항상 북쪽을 가리키니 이 돌을 따라가면 탈출할 수 있다"고 했다고 하자. 현대인은 그 돌이 자석이고 초보적인 나침판이라는 걸 알지만, 자기력을 모르는 고대인들에겐 마법의 돌이 될 수 있다.

랜달 개릿의 소설 '귀족 탐정 다아시 경' 시리즈는 논리적인 마법을 과학처럼 활용하여 범죄 증거를 찾고 범인을 밝혀내는 이야기다. 세계를 파괴한다는 운명의 왕녀를 둘러싼 마법 싸움을 그린 사카키 이치로의 소설 『스크랩드 프린세스』는 외계인에게 잡힌 인간이 살아가는 식민 행성이 무

대이다.

과거와 미래라는 무대 역시 판타지와 SF를 나누는 기준
이 되기는 어렵다. 우주정거장이 무대인 판타지도 원시시
대를 무대로 한 SF도 나올 수 있으며, 과거처럼 보이는 무
대가 사실은 미래라거나 그 반대 상황도 흔히 등장하기 때
문이다.

앞서 말한 판타지의 기본 정의를 따르면서 이야기로 적
절하게 완성했다면—그리고 그것을 판타지라고 부르고 싶
다면—판타지라고 부르면 된다. 그럼으로써 판타지의 세계
는 더욱 넓어진다. 카마치 카즈마는 『어떤 마술의 금서 목
록』에 마법사와 초능력자를 함께 등장시키고, 골렘이 강화
복 병사와 대결을 벌이게 하고, 나노머신으로 마법을 제한
하는 등 독특한 이야기를 만들었다. 이처럼 판타지와 SF의
구분은 작가의 생각, 독자의 감상에 따라 달라질 수 있으며
반드시 나누지 않아도 좋다.

판타지와 SF는 가공으로 만든 상상의 이야기에 대한 두
가지 모습이다. 많은 팬과 작가가 두 장르를 구분하지만, 둘
은 쌍둥이처럼 닮았고 서로 영향을 주면서 지금도 다채롭
게 변화하고 있다.

2

판타지의
하위 장르

판타지는 다양한 하위 장르를 형성하고 있다. 여러 하위 장르의 형태와 특징을 파악함으로써 각각의 판타지 문화를 더욱 쉽게 이해할 수 있을 것이다.

하이 판타지high fantasy

하이 판타지는 현실 세계와는 다른, 창조된 세계를 무대로 펼쳐지는 작품을 가리킨다. 원래 『반지의 제왕』처럼 거대한 이야기를 그린 서사 판타지를 지칭했지만, 지금은 소수의 영웅이 활약하는 영웅 판타지를 포함한 가공 세계의 판타지 모두를 가리키는 표현으로 사용한다. 가공의 세계에서 가상의 역사를 그려내는 만큼 진중하고 웅장한 서사시나 위대한 영웅의 모험담을 그려내는 경향이 있으며, 특이한 설정과 내용을 가진 작품이 많다. 한국에서 일반적으로 판타지라고 하는 장르는 이 하이 판타지를 가리킨다.

J.R.R. 톨킨의 『반지의 제왕』, C.S. 루이스의 『나니아 연대기』, 미즈노 료의 『로도스도 전기』, 칸자카 하지메의 『슬레이어즈』, 아라카와 히로무의 만화 『강철의 연금술사』 같은 작품을 하이 판타지로 분류할 수 있지만, 조앤 K. 롤링의 『해리 포터』 시리즈처럼 현실 세계와 가상 세계가 연결되어 확실하게 구분하기 어려운 작품도 있다.

하이 판타지를 창작할 때는 현실 세계와 구별되는 가상 세계와 설정을 준비해야 한다. 종족이나 나라, 인물, 도구, 마법, 법률 같은 설정은 작품에 따라 달라지며 이야기를 만드는데 꼭 필요한 정도만 있으면 된다. J.R.R. 톨킨처럼 인공 언어를 만든 사례도 있지만, 톨킨은 언어학자였으며 꼭 필요하다고 생각하여 만들었을 뿐이다.

하이 판타지의 창작 설정은 실제로 있었던 문화나 문물, 역사나 신화를 바탕으로 만드는 경우가 많다. 다나카 요시키의 『아르슬란 전기』는 십자군 전쟁을 모티브로 한 것이다. 또한, 가공의 세계를 무대로 한 만큼 세계의 모습에 제한이 없다. 인도 신화처럼 거북이의 등에 코끼리가 얹힌 기묘한 세계나 독특한 가치관, 생활 풍습을 만들 수도 있다. 단, 보는 이들이 이해하기 쉽고 자연스럽게 만들어야 한다. 프랭크 허버트는 『듄』이라는 소설에서, 경의를 표현하면서 얼굴에 침을 뱉는 풍습을 넣었다. 이는 시체에서조차 수분을 회

그림 1 거북이 등 위에 코끼리 네 마리가 올라가 있는 인도 신화의 세계.

수해야 할 만큼 물이 부족한 사막이라는 설정이기 때문에 자연스럽게 이해할 수 있었다.

로우 판타지 low fantasy

로우 판타지는 원래 영어권에서 코믹한 판타지를 가리키는 용어였다. 지금은 하이 판타지와 달리 현실 세계를 주된 무대로 하는 이야기를 가리킨다.

로우 판타지는 현실 세계를 무대로 한 만큼 하이 판타지보다 초자연적인 요소가 적고, 사실적인 설정과 내용을 강조하는 경향이 있다.

많은 하이 판타지가 현실 세계의 역사나 신화를 모티브로 하는 만큼 로우 판타지와 엄격하게 구분하는 건 쉽지 않다. 조지 R.R. 마틴의 『얼음과 불의 노래』는 용과 마법이 등장하는 가상의 세계가 무대지만, 중세 영국과 장미 전쟁 같은 실제 역사를 모티브로 했기 때문에 로우 판타지로 구분하기도 한다.

　　로우 판타지는 현실 세계를 모델로 하는 만큼 비교적 세계를 만드는 부담이 적고, 설정이나 상황을 이해하기 쉬운 편이다. 『트와일라잇』처럼 일상 공간을 무대로 한 로우 판타지가 많이 선보이며 인기를 끄는 것은 바로 이런 이유다. 그러나 그만큼 자연스럽고 적절하게 재현된 세계를 구성해야 하며 다른 작품과 차별화하는 노력이 필요하다.

차원 이동 판타지(다른 세계 모험물)

차원 이동 판타지는 현실 세계의 주인공이 환상 세계로 향하여 모험하는 이야기이다. 많은 판타지가 일상에서 환상 세계로 향하는 구조지만, 차원 이동 판타지는 본래 주인공이 살던 세계와 환상 세계가 동떨어진 세상이며 주인공이 두 세계를 마음대로 오가지 못한다는 점에서 차이가 있다. 때로는 이야기 전개에 따라 두 세계가 융합하거나 두 세계를 자유롭게 오가면서 이야기가 펼쳐지기도 한다. 다만 『구운몽』처럼 본래의 기억이 없이 꿈의 세계를 체험하는 것은 차원 이동 판타지로 보기 어렵다.

　　차원 이동 판타지는 일반적으로 『오즈의 마법사』, 『이상한 나라의 앨리스』처럼 갑자기 기묘한 세계에 떨어지게 된 인물

이 그 세계의 특이한 상황에 놀
라는 내용으로 재미를 준다. 그
러나 오노 후유미의 『십이국기』
시리즈처럼 현실 세계 사람의 눈
을 통해 기묘한 세계를 소개하고
이해시키는 것에 초점을 맞추기
도 한다. 고대 중국의 신화를 바
탕으로 만든 독특한 세계가 무대
인 『십이국기』는 사람이 나무에

그림 2 『이상한 나라의 앨리스』

서 열매로 태어나고 왕이나 신하가 늙지 않고 영원히 사는 등
굉장히 특이하고 이상한 세상에 적응해나가는 평범한 여고
생을 통해 '십이국'이라는 세계를 잘 보여주고 있다.

차원 이동 판타지에는 마크 트웨인의 소설 『아서왕 궁전
의 코네티컷 양키』처럼 현대 기술과 문명으로 미개한 세상
을 바꾸는 이야기가 있으며, 이위의 『더 세틀러』처럼 집단
이나 군대, 나라가 통째로 다른 세계로 날아가서 대변혁이
나 문명의 충돌이 벌어지기도 한다. 많은 차원 이동 판타지
에서는 일단 다른 세계로 날아간 후에는 그 세계에서 돌아
오지 못하고 갖고 있던 자원만으로 활동한다. 야나이 타쿠
미의 『게이트 : 자위대 그의 땅에서, 이처럼 싸우며』는 두 세
계를 자유롭게 넘나들며 지속적인 교류가 이루어지는 작품
도 있는데, 일본의 코스튬 플레이(코스프레) 잡지가 판타지

세계에 퍼져서 일약 패션 혁명이 일어나는 등의 설정이 흥
미롭게 펼쳐진다.

　차원 이동 판타지에는 고든 R. 딕슨의 『드래곤과 조지』,
후세의 『전생했더니 슬라임이었던 건에 대하여』처럼 정신
만 날아가거나 환생하여 다른 생물의 삶을 체험하는 작품도
있다. 이 작품들에서는 인간의 기억을 가진 채 다른 종족으
로 살아가는 이야기가 흥미롭게 펼쳐진다.

　한편, 최근 게임 세계를 무대로 모험을 하는 '게임 판타지'*가
차원 이동 판타지의 한 가지 형태로 인기를 끌고 있다.

검과 마법 이야기 Sword and Sorcery

검과 마법 이야기는 미국 작가 프리츠 라이버가 『야만인 코난』처럼 검을 휘두르며 싸우는 영웅 판타지 작품을 부르기 위해 사용한 용어이지만, 지금은 『반지의 제왕』 같은 서사 판타지를 포함하여 등장인물이 검과 마법을 사용하여 활약하는 작품 전반을 지칭하는 말로 정착했다.

많은 작품이 서양의 고대나 중세와 비슷한 가공의 세계를 무대로 이야기를 펼쳐나가지만, 애니메이션 〈히멘〉처럼 미래의 우주나 현대를 무대로 한 작품도 있다. 따라서 시대와 장소를 가리지 않고 특정한 세계를 무대로 마법과 검으로 악당과 싸우는 내용을 중심으로 한 모든 작품을 검과 마법 이야기라고 부를 수 있다.

검과 마법 이야기는 가장 대중적인 하위 장르로서 마법을 제외하면 초자연적인 요소가 비교적 적으며, 모험이나 전쟁처럼 쉽게 이해할 수 있는 이야기를 다루는 만큼, 창작도 용이하다. 작품의 분위기에 따라서 선과 악의 거대한 전쟁을 장중한 내용으로 그려낸 서사 판타지, 소수의 영웅이 활약하는 영웅 판타지 따위로 나눌 수 있다.

동화 Fairy Tale

동화는 요정 같은 신비한 존재와 함께 이야기를 풀어내는 작품을 가리킨다. 말하는 동물, 난쟁이나 거인들의 활약, 마

그림 3 TV애니메이션 〈닐스의 모험〉

녀나 마법사 같은 환상적인 요소가 자연스럽게 등장하며 이들을 중심으로 이야기가 펼쳐진다. 어떤 법칙이나 특별한 이유가 있다기보다는 그냥 그러한 일이 벌어지는 세계로서, 일반적으로 시간과 장소가 명확하지 않고 신분이나 계급 같은 사회 규범도 특별하게 적용되지 않는다. 『신데렐라』처럼 평범한 아가씨가 왕자와 결혼하며, 『닐스의 모험』처럼 별다른 이유 없이 사람이 작아지고 거위와 기러기가 맺어지기도 한다.

사람들에게 구전된 동화는 독일의 그림 형제나 프랑스의 시인 샤를 페로 같은 이들에 의해 수집 정리되었으며, 전래동화의 영향을 받은 안데르센 같은 이들의 창작으로 더욱 다양하게 발전했다.

동화에는 『브레멘 음악대』나 『호호 아줌마』처럼 아이를

요재지이 聊齋志異

중국 청나라 초 포송령이 수집하여 만든 기담집. 귀신과 사람이 사랑을 나누는 영화 〈천녀유혼〉의 원전인 「섭소천聶小倩」처럼 요괴나 신선, 술법 같은 환상적인 요소가 자연스럽게 뒤섞인 이야기 수백 편이 수록되어 있다. 인간보다 더욱 인간미가 넘치는 귀신이나 망령, 여우 등을 통해 인간 사회를 비판하며, 각 작품 후반에 '이사씨異事氏'라는 가공의 인물을 빌려 작가의 의견을 제시하고 있다.

작가가 죽은 지 50년이 지난 뒤에야 간행되었지만, 대중에게 인기를 끌어 동양 판타지 문화에 큰 영향을 주었다. 당시대 중국인의 문화와 함께 다양한 기담이 소개된 작품으로 동양풍 판타지 이야기를 참고하는 데 좋은 작품이다.

중국 기담을 모은 책에는 육조시대의 『수신기搜神記』와 선진 시대에 저술했다는 『산해경山海經』도 있지만, 전자는 괴담집이고, 후자는 가상의 생물을 소개하는 백과 같은 책으로 『요재지이』처럼 재미있는 이야기로 엮어낸 작품은 아니다.

위한 작품이 많지만, 성性에 대한 직설적인 표현 때문에 「신밧드의 모험」, 「알리바바와 40인의 도적」 같은 대표적 이야기만 아동용으로 발췌, 소개된 『천일야화』나 『요재지이』*처럼 선정적인 내용이 담긴 작품도 적지 않다.

대다수 아동 문학에는 환상적인 요소가 있어서 동화를 판타지로 분류하지 않는 이도 많지만, 동화 속의 다양한 환상 요소들은 신화나 전설과 함께 판타지 창작 문화에 많은 영향을 주고 있다.

초자연적 픽션_{Paranormal Fiction}

초자연적 픽션은 유령이나 귀신처럼 과학적으로 설명하기 어려운 초자연적인 존재를 중심으로 이야기를 펼친다. 〈엑소시스트〉, 〈고스트 버스터즈〉처럼 악령과 싸우는 퇴마 이야기나 〈트와일라잇〉 시리즈처럼 초자연적인 존재와의 사랑 이야기 같은 내용이 많으며, 영화 〈사랑과 영혼〉처럼 유령이나 흡혈귀, 늑대 인간 같은 존재가 주인공이 되어 이야기를 이끌기도 한다. 이야기 속의 초자연적인 존재는 대개 사회의 그늘 속에 감추어진 존재로 그려지며 작품 속의 세계와 사람들에겐 큰 영향을 주지 않는다. 실례로 〈고스트 버스터즈〉에서 유령이 날뛰며 도시를 파괴하지만, 몇 년 후에 나온 속편에서는 그 사실조차 잊혀지고, 유령 사냥꾼들은 일이 없어 고생한다.

초자연적 픽션은 현실에는 존재하지 않는 초자연적인 존재와 힘이 기묘한 사건을 일으키는 이야기지만, 익숙한 현실 세계를 무대로 진행되기에 친숙하게 느껴지고 어쩌면 지금 이 순간 어딘가에서 일어나고 있을지도 모른다는 현실감을 준다.

그림 4 〈여고괴담〉

다크 판타지 Dark Fantasy

다크 판타지는 어둡고 암울하며 비극적인 전개와 잔혹하고 과격한 묘사를 중심으로 하는 작품을 일컫는다. 과격한 성 묘사나 폭력 연출로 성인 대상의 작품이 많지만, 반￦뱀파이어가 된 소년의 이야기를 그린 『대런 샌』 시리즈처럼 아동을 위한 작품도 있다.

전체적으로 심각한 이야기를 그리는 가운데 인간의 잔혹한 심리나 내면을 파헤치는 표현이나 묘사, 과격하고 그로테스크한 연출을 추구하며 동화적인 행복한 결말을 피하려는 경향을 보인다. 톨킨식의 선과 악의 전쟁 서사극이나 동화적인 분위기에 대한 반체제적인 성격을 가진 다크 판타지에서는 처참한 역병, 고문이나 마녀 사냥, 전쟁에서의 약탈과 살육 같은 현실의 잔혹함을 매우 사실적으로 연출하는 것도 특징이다.

다크 판타지는 '어둡고 암울한 분위기와 과격한 묘사' 외에 다른 특징이 없는 만큼 클라이브 바커의 『피의 책』, 닐 게이먼의 『샌드맨』처럼 현실에 초자연적인 요소를 결합한 호러 스타일 작품과 미우라 켄타로의 만화 『베르세르크』처럼 가공의 세계를 무대로 설정한 '검과 마법 이야기' 등 다양한 작품이 있다.

도시 판타지Urban Fantasy

도시 판타지는 현실적인 공간인 도시에 초자연적인 요소를 가미한 이야기이다. 주로 현대 도시를 무대로 한 작품이 많지만, 셜록 홈즈와 잭 더 리퍼가 활약한 빅토리아 시대의 런던이나 미래의 도쿄처럼 다른 시대의 도시를 무대로 한 작품도 적지 않다.

현실 속에 초자연적 요소가 뒤섞인다는 점에서 초자연적 픽션과 유사하다. 하지만 주인공의 일상을 배경으로 하는 만큼 도시의 여러 모습과 인물이 다양한 관점에서 묘사되며, 초자연적 현상이 일상적인 삶에 영향을 미치는 모습을 잘 보여주는 것이 매력이다. 또한, 우리가 살아가는 도시를 무대로 하기 때문에 여러 하위 판타지 장르 중에서 가장 현실적이고 친근한 분위기를 느끼게 해준다.

영화 〈블레이드〉, 게임 〈여신전생〉 시리즈, 소설 『드레스덴 파일즈』, 『부기팝』 시리즈, 『듀라라라!!』 같은 작품이 있고, 가공의 도시에서 수업 중인 마녀가 배달 일을 하는 동화 『마녀 배달부 키키』도 도시 판타지의 매력을 잘 보여주었다.

그림 5 목 없는 기사인 듀라한이 헬멧을 쓰고 오토바이를 타고 다니는 독특한 세계를 그려낸 〈듀라라라!〉는 도시 판타지의 매력을 잘 보여준다.

역사 판타지 | Historic Fantasy

역사 판타지는 실제 역사에 환상적인 요소를 추가하여 만든 이야기이다. 역사적인 사건의 배후에 악령이나 요괴가 있거나, 역사 속의 인물이 사실은 마법이나 술법 같은 초자연적인 힘을 사용할 수 있는 인물이었다는 식으로 각색하여 이야기를 엮어낸다.

만화『바람의 나라』처럼 실제 역사는 그대로 두고 환상적인 요소를 추가하는 것에 그치는 게 많지만, 임진왜란을 무대로 하면서도 사명당의 신통력이나 관운장의 위세로 일본에 승리하는 것을 그린『임진록』처럼 초자연적인 요소로 역사가 완전히 바뀌는 작품도 있다. 영불제국을 무대로 마법으로 추리하는 '귀족 탐정 다아시 경' 시리즈, 프랭클린이 뉴턴의 제자가 되어 연금술로 적과 맞서는『철학자의 돌』처럼 이미 역사가 바뀐 세계를 배경으로 한 작품을 대체역사물이

그림 6 한국에 역사판타지의 가능성을 보여준 〈바람의 나라〉.

라 하지만, 한국에선 『임진록』처럼 역사를 바꾸는 과정을 다룬 작품도 대체역사라고 부른다. 그러나 『이누야샤』처럼 과거를 무대로 요괴와 싸우지만 특정한 역사적 사실이나 인물과 관계없다면 역사 판타지로 보지 않는다.

슈퍼 히어로 판타지 Superhero Fantasy

슈퍼 히어로 판타지는 마법을 사용하거나 신이나 악마처럼 초자연적 존재에게 힘을 얻은 초영웅이 활약하는 이야기이다. 인간과 다른 초영웅의 고뇌나 고독, 그리고 힘에 대한 고민을 소재로 한 작품이 많다. 소수의 영웅이 악당에 맞서 싸운다는 점에서 영웅 판타지와 유사하지만, 인간보다 압도적으로 강한 초영웅이 초자연적 존재와 맞서 싸운다는 점에서 다소 차이가 있다.

슈퍼 히어로 판타지에는 『스폰』, 『고스트 라이더』, 『원더우먼』 등이 있으며, 국내에 소개되지 않았지만 여러 SF작가가 집필한 슈퍼 히어로 단편집 『와일드 카즈』가 명작으로 손꼽힌다. 『부기팝』 시리즈나 『R.O.D(리드 오어 다이)』처럼 특별한 능력을 사용하는 인물이 활약하는 작품도 슈퍼 히어로 판타지로 볼 수 있다.

마술적 사실주의 Magic Realism

마술적 사실주의는 일상과 비일상을 융합하여 만든 이야기이다. 마술적 사실주의의 이야기에는 어떤 법칙도 제약도 없다. 과학 법칙을 따르는 SF나 '마법을 사용하려면 주문을 외워야 한다', '흡혈귀는 햇빛에 약하다' 같은 일관된 규칙을 가진 판타지와 달리 현실의 질서에서 완전히 벗어난 이야기가 펼쳐진다. 하늘에서 갑자기 돈이 쏟아지거나, 두 사람이 합쳐져 한사람이 되거나, 어느 날 아침 벌레로 변해 있는 등 마술 같은 상황이 벌어짐에도 등장인물들은 그 상황을 대수롭지 않게 받아들이면서 이야기가 전개된다. 모든 이들이 마술적이고 비현실적인 사건들을 평범하게 받아들이지만, 한편으로 그 사건을 통해 인간의 내면과 사회의 참모습을 보여준다.

보편적인 판타지 장르에 포함되지 않는 마술적 사실주의는 주제 사라마구, 호르헤 루이스 보르헤스, 에른스크 윙거처럼 기존의 사실적 표현들을 뒤엎는 작가의 작품이 많다.

마술적 사실주의는 중남미의 라틴 문학 사조로 여겨지지만, 그 전부터 많은 나라에서 다양한 형태의 마술적 사실주의 작품이 등장했다. 한국에서도 천명관, 김도연 같은 작가들이 마술적 사실주의 작품을 선보였다.

신마소설 神魔小說, Gods and demons fiction

신마소설은 중국 소설가 루쉰이 만든 용어이다. 명청시대에 만들어진 유교·불교·도교 사상을 바탕으로 신선이나 요마가 활약하는 작품을 가리키지만, 서양에선 동양풍 판타지 전반을 가리킨다. 지괴소설志怪小說[1], 전기소설傳奇小說[2]이라는 유사 장르가 있으며, 한국과 일본에서는 신마소설 대신 전기소설이라고 부르는 편이다.

『서유기』, 『요재지이』, 『봉신연의』 같은 신마소설은 시공과 생사, 신과 요괴와 사람의 경계가 없을 뿐만 아니라 절대적인 선과 악도 없다.

서양에서는 신의 아들인 헤라클레스조차 인간의 몸을 버리기 전엔 신의 반열에 오를 수 없었고, 기독교에선 신이 유일한 존재로 신과 인간의 경계가 엄격하다. 하지만 관우나 이순신 같은 인간이 신령이 되는 것을 자연스럽게 받아들이는 동양에서는 신과 인간의 경계가 없다. 『서유기』는 돌, 원숭이, 요괴가 주역이며, 『요재지이』에서는 사람이 귀신과 사랑을 나누고 여우와 술친구가 된다. 이처럼 귀신과 인간이 자연스럽게 교류하여 생사는 물론 시공을 초월하며, 신과 인간, 요괴, 귀신이 편하게 어울린다. 사람이나 요괴, 돌과 나무도 신이 될 수 있는 신마소설의 특성은 서양 판타지에서는 찾아보기 어렵다.

---

1. 중국 육조 시대에 쓰인 기괴한 이야기. 작가의 생각이나 주장 없이 단순히 괴담을 수집한 느낌이 강하다.

2. 중국 당송 시대의 단편 소설. 또는 이를 바탕으로 한 후대의 작품. 전승이나 설화 속 괴이한 사건만이 아니라, 작가의 상상에 따라 만들어진 사실과 다른 역사를 소재로 한 작품을 말한다. 현실과 비현실이 뒤섞이며 특이한 능력을 쓰는 작품을 가리키기도 한다.

그림 7 개의 요괴가 인간과 함께 악을 퇴치하는 〈이누야샤〉

신마소설은 사악한 요괴를 물리치는 권선징악 내용도 많
지만, 대개 선악의 구분이 모호하고—서양선 악마나 몬스
터에 해당하는—요괴가 인간보다 선하게 나오기도 한다. 이
는 불교나 도교 사상의 영향을 받았기 때문인데, 기독교 전
통의 영향을 받은 서양 판타지가 절대적인 선과 악을 정의
하는 것과 구별된다. 실례로 그리스 신화를 소재로 한 서양
판타지는 저승의 신인 하데스를 악마로 등장시키는 사례가
많은데, '저승=지옥'이라는 기독교의 영향을 받았기 때문인
것으로 보인다.

이처럼 도깨비와 친구가 되고, 요괴가 인간과 함께 악에
맞서는 신마소설은 중국, 한국, 일본의 판타지 문화에 큰 영
향을 끼쳐 요괴가 주역인 『3×3아이즈』, 『이누야샤』, 세계
각지의 신화가 뒤섞인 『공작왕』 같은 작품의 밑거름이 되
었다.

3

판타지의
역사

신화에서 탄생한 여명

판타지 문화는 신화와 전설에서 시작했다. 정령과 신의 이야기에 이어 〈길가메시〉나 〈페르세우스〉 같은 전설이 탄생했고, 신화와 전설은 그림과 글자로 옮겨지고 문학으로 발전했다. 〈베오울프〉, 〈니벨룽겐의 노래〉, 〈아서왕 전설〉 같은 영웅 이야기의 영향을 받아 기사의 활약을 그린 로맨스 문학[1]이 발달하고, 그리스 신화나 성서 속 영웅 이야기*와 함께 판타지의 원류로 자리 잡았다.

"역사는 전설이 되고, 전설은 신화가 된다"는 말처럼 신화와 전설은 그 자체가 역사를 바탕으로 만들어진 고전 판타지 작품이면서 판타지의 원류로서 다른 작품에 영향을 주었

---

1. 로마인의 언어. 즉, 통속 라틴어에서 비롯된 여러 언어로 만들어진 문학. 주로 기사 모험담과 귀족의 연애 이야기가 중심을 이루어 로맨스란 장르 이름을 낳았다.

다. 기독교와 여러 신화의 영향을 받아 단테의 『신곡』, 존 밀턴의 『실락원』 같은 작품이 탄생했다.

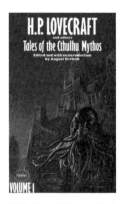

그림 8 러브 크래프트의 〈크툴루 신화 이야기〉.

현대 판타지 작품에는 『반지의 제왕』처럼 다양한 신화적 영감을 뒤섞어 새로운 세계를 만들어낸 것도 있지만, 고대의 영웅 신화를 그대로 활용한 영화 〈타이탄의 멸망〉, 신화 속 존재를 현대에 등장시킨 『퍼시 잭슨과 올림포스의 신』, 『오! 나의 여신님』, 미래의 우주를 배경으로 신화 이야기를 활용한 『일리움』, 『우주선장 율리시스』 같은 것도 있다.

판타지 작품의 독자적인 신화가 다른 작품에 차용되기도 한다. 코스믹 호러cosmic horror의 대가인 러브크래프트의 작품을 바탕으로 정리한 '크툴루 신화'는 러브크래프트 생존 당시에도 여러 작가가 비슷한 모티브를 활용했다. 러브크래프트 사후에도 여러 사람에 의해 정리, 보완되어 현재도 이 창작 신화를 바탕으로 많은 작품이 나오고 있다.

동화 · 기담에서의 영감

판타지 문화의 탄생과 발전에는 사람들에게 교훈을 주기 위한 이야기인 우화와 설화의 영향을 빼놓을 수 없다. 기원전

신화 속 영웅의 여정과 판타지

신화학자 조지프 캠벨은 『천의 얼굴을 가진 영웅』에서 다양한 신화 속 영웅상을 연구하고 구조화했다. 영웅의 모험담을 '출발, 입문, 귀환'의 과정으로 나누어 정리한 캠벨의 연구는 〈스타워즈〉를 비롯한 많은 작품에 영감을 주었다.

할리우드의 기획자인 크리스토퍼 보글러는 캠벨의 연구를 바탕으로 '영웅의 12단계'라는 이야기 패턴을 정리했는데(『신화, 영웅·그리고 시나리오 쓰기』), 이를 바탕으로 흥미로운 영웅 이야기를 쉽게 만들 수 있다.

6세기 그리스 노예가 만들었다는 『이솝 우화』, 인도의 『판차탄트라』 같은 설화집은 각지의 구전 문학에 영향을 주었으며, 동화를 거쳐 판타지 문화 발전의 밑거름이 되었다.

중국에서는 지괴소설, 전기소설, 신마소설 같은 작품이 다수 등장했으며, 유럽에서는 『물의 아이들』, 『이상한 나라의 앨리스』에 이어 『오즈의 마법사』, 『피터팬』 시리즈, 『메리 포핀스』 시리즈 같은 작품이 어른들에게도 사랑받으면서 판타지 문화의 폭을 넓혀주었다.

설화와 동화는 본래 인간 세상의 삶을 동물이나 요괴로 풍자하여 만든 이야기였지만, 여기에 등장한 의인화된 동물과 요괴는 훗날 동화를 넘어 판타지 문화 전반에 침투하여 '검과 마법 이야기' 속의 동물형 인물 같은 종족으로 발전했다. 실례로 이영도는 『피를 마시는 새』에서 한국 설화 속 도깨비를 종족으로 등장시켜 호평받기도 했다.

동화와 설화는 소설만이 아니라 애니메이션이나 영화의 소재로도 사랑받고 있다. 월트 디즈니를 비롯한 많은 회사에서 오래전부터 동화를 바탕으로 한 애니메이션과 영화를 선보였고 지금도 인기를 끌고 있다.

동화와 설화를 바탕으로 한 작품은 원전을 그대로 그려내기보다는 모티브로 삼아 새로운 해석을 가한 작품이 많다. 풍자 작품으로서의 동화와 설화는 대개 내용은 짧지만 그 안에 다양한 내용이 담겨 있다. 때문에 같은 작품을 소재로 해도 러시아 동화 『눈의 여왕』을 소재로 사용한 애니메이션 〈겨울 왕국〉처럼 전혀 다른 이야기가 되기도 한다.

영웅의 시대

근대 판타지 문화는 급격하게 성장한 리얼리즘 문학에 대한 반체제로 시작됐다. 반체제로서의 판타지는 아동 문학을 중심으로 발달했지만, 시간이 흐르면서 SF와 영향을 주고받아 점차 성인을 대상으로 하는 작품도 늘어났다.

19세기에는 환상적인 요소가 담뿍 담긴 공포물이 새로운 판타지 문학으로 정착했다. 전기로 부활시킨 괴물이 나오는 『프랑켄슈타인』, 상업적 흡혈귀물의 시초인 『뱀파이어』를 시작으로 늑대인간 이야기의 원조인 『하르츠산의 흰 늑대』와 흡혈귀물인 『카르밀라』*, 『드라큘라』 등이 당시에 출간된 작품이다. 이어서 20세기 초반에는 펄프 잡지를 중

카르밀라 Carmilla

아일랜드의 소설가 조셉 토마스 셰리던 르 파뉴의 고딕 소설. 아일랜드 흡혈귀 전설을 바탕으로 아름다운 여성 흡혈귀 카르밀라의 이야기를 그렸다. 19세 소녀 로라의 관점에서 전개되는 이 작품은 초반부터 적이 드러나서 대결이 벌어지는 여느 흡혈귀물과 달리 후반부까지 흡혈귀의 정체가 드러나지 않는 등 신비하고 환상적인 느낌으로 이야기가 전개된다. 카르밀라가 어릴 때부터 로라에게 집착했다는 연출로 동성애 분위기를 풍길 뿐만 아니라, 흡혈귀가 단순한 괴물이 아니라 고독하고 슬픈 존재임을 암시하는 것이 매력적이다.

흡혈귀 이야기는 세계 각지의 신화와 전설에 다양하게 존재할 뿐만 아니라 이미 출간된 것이 있기 때문에 『카르밀라』는 흡혈귀물의 시조는 아니다. 하지만 흡혈귀가 귀족적이고 매력적이라는 분위기나 관 속에서 자고 심장에 말뚝을 박으면 죽는다는 설정은 『드라큘라』를 거쳐 수많은 흡혈귀물에 영향을 주었다.

『카르밀라』는 『드라큘라』나 『노스페라투』보다 공포물로서의 느낌이 약하고 선정적인 요소도 적어서 대중적인 유명세는 떨어진다. 그러나 흡혈귀와의 인간적인 관계에 초점을 맞추어 이야기를 풀어나간 작품으로서 흡혈귀 로맨스물의 시조로서 기억할 만한 작품이다.

심으로 신화 스타일 영웅물이 양산되면서 『화성의 공주』와 『야만인 코난』처럼 환상적이고 영웅적인 모험담을 그려낸 작품이 인기를 끌었다.

가공의 세계를 무대로 검을 휘두르는 영웅이 악당을 물리치고 세상을 구하며 사랑도 쟁취하는 이 작품들은 수많은 아류작을 낳고 『슈퍼맨』 같은 슈퍼 히어로물, 『캡틴 퓨처』 같은 스페이스 오페라space opera에도 영향을 주었다. 한편,

시간 여행 요소를 도입한 『벤자민 버튼의 시간은 거꾸로 간다』, 『제니의 초상』 같은 작품도 독특한 내용으로 호평받으며 어른을 위한 판타지물의 폭을 넓혔다.

근대 판타지의 시작

20세기 들어 신비한 동화와 괴기 호러, 환상적인 로맨스와 영웅 모험담으로 폭넓게 발전한 판타지 문화는 펄프 잡지에 힘입어 빠른 성장을 이루었다. 판타지의 수요가 늘어나면서 1939년 지프 데이비드가 판타지 전문 잡지 《판타스틱 어드벤처》를 창간했지만, 당시엔 SF와 판타지, 그리고 모험물의 구분이 명확하지 않아서 여러 가지 장르가 뒤섞여 있었다.

근대 판타지 문화에 큰 전환기를 가져온 『반지의 제왕』은 『호빗』의 속편으로 "새로운 신화를 만들고 싶다"는 톨킨의 꿈을 실현한 작품이다. 가공의 신화에서부터 그 세계만의 풍습, 인공 언어에 이르기까지 매우 완성도 높은 세계에서 서사적이고 중후한 이야기를 엮어 많은 이를 감동시켰다. 세계의 운명을 건 거대한 시련과 수많은 이의 투쟁은 기존의 대세였던 영웅 판타지와 차별되는 서사 판타지로서의 설득력을 부여하고 판타지 문화의 깊이를 더해주었다.

근대 판타지 문학의 발전에는 기독교적인 신화 세계를 기반으로 한 『나니아 연대기』나 SF 작가로도 유명한 어슐러 르 귄의 '어스시' 시리즈도 빼놓을 수 없다. 특히 마법에 '진정한 이름'이라는 개념을 부여하고 자신의 참모습을 찾아가기 위한 여정을 그려낸 '어스시' 시리즈는 외부의 위협에 대한 모험과 투쟁만을 그리던 판타지 문화에 개인의 고뇌와 인간적인 깊이를 더해준 작품으로 호평받았다.

영국과 미국, 그리고 그 밖의 나라에서 독립적으로 성장하던 판타지 문화는 정보통신의 발달로 교류가 확산되면서 다변화했다. 또한 SF와 판타지를 융합한 작품이나 현실 세계에 판타지를 도입한 작품들이 늘어났으며, 영화, 애니메이션, 게임 같은 미디어의 발전으로 더욱 다양한 소재가 등장했다.

흡혈귀물에 대한 새로운 해석으로 좀비 장르에 영향을 준 리처드 매드슨의『나는 전설이다』, 신비한 초콜릿 공장의 이야기를 그린 로알드 달의『찰리와 초콜릿 공장』, 부두교의 전설과 흡혈귀 전설을 뒤섞어 현대식 좀비를 등장시킨〈살아 있는 시체들의 밤〉, 엑소시즘이란 개념을 대중에 알린〈엑소시스트〉, 과거의 야구 영웅들이 나타나 경기를 펼치는〈꿈의 구장〉, 과학자가 광선총으로 유령을 퇴치하는〈고스트 버스터즈〉, 삶의 시간이 반복되는 켄 그림우드의『리플레이』, 신의 시체를 북극으로 견인하는 제임스 모로의『하느님 끌기』처럼 특이한 작품이 계속 등장하며 판타지의 폭이 넓어졌다.

20세기 후반 판타지 문화 발전을 주도한 것은 영국과 미국이었지만, 독일도『모모』,『끝없는 이야기』로 유명한 미하엘 엔데와『잃어버린 기억의 박물관』을 쓴 랄프 이자우 같은 걸출한 작가가 있다. 프랑스 또한 생텍쥐베리의『어린 왕자』나 소피 오두인 마미코니안의『타라 덩컨』시리즈 같은 좋은 작품이 있다.

한편, 게임과 애니메이션 같은 미디어 분야에서 일본의 영향도 적지 않았다. 일찍부터 요괴나 귀신, 신에 대한 기담이 발달한 일본에서는 19세기 들어 인쇄술의 발전으로 기담이 대중화되어 인기를 끌었다. 여기에 2차대전 후 미군 기지를 중심으로 보급된 페이퍼백 소설을 통해 서양의 판타지 문화가 유입되면서, 일본의 판타지는 동서의 분위기와 소재가 혼합된 다양한 작품으로 분화하게 된다.

남자의 영혼을 갖고 태어난 공주가 기사로 활약하는 데즈카 오사무의『리본의 기사』같은 만화에서 시작된 일본 판타지 문화는 이후 소설로 폭넓게 전개됐다. 방대한 영웅 판타지『구인사가』, 정통파 중세 판타지 분위기를 잘 살린『로도스도 전기』, 중세 페르시아를 모티브로 한 판타지 전쟁물『아르슬란 전기』같은 소설이 인기를 끌었다. 만화에선 주로 순정만화에서 그 명

그림 9 남장소녀를 내세워 판타지풍의 설정과 이야기를 엮어낸 〈리본의 기사〉

맥이 이어졌으며, 1990년대에 들어서 소년·청년 만화에서도 판타지 작품을 선보였다.

일본 판타지에는 SF나 동양적인 요소를 결합한 작품이 많다. 뱀파이어 같은 판타지 요소에 초능력, 로봇 같은 SF를 결합한 키쿠치 히데유키의『뱀파이어 헌터 D』, 일본 전통의 음양술을 충실하게 엮어낸 유메마쿠라 바쿠의『음양사』, 중국의 신화 세계를 모티브로 가상의 세계를 엮어낸『십이국기』같은 작품이다.

오늘날 일본 판타지는 라이트 노벨과 만화를 중심으로 도시 판타지나 초자연적 픽션, 전기소설이나 SF와 융합된 판타지를 다양하게 선보이고 있다. 이야기의 내용이나 주제에 관계없이 환상적인 요소가 들어가는 작품이 많다.『슬레이어즈』,『마술사 오펜』같은 하이 판타지만이 아니라,『부기팝』시리즈,『듀라라라!!』같은 도시 판타지,『고스트 스위퍼』,『공작왕』같은 퇴마 소재의 초자연적 픽션 등 다양한 작품이 등장하여 판타지 문화의 영역을 넓혀나가며 한국 판타지 문화에도 큰 영향을 주고 있다.

4

영상의 발달과
판타지

4 영상의 발달과 판타지

영화 산업의 여명

종교 행사의 가면극에서 시작한 판타지 미디어는 공연 무대
가 등장하면서 신이나 요정, 마법사가 등장하는 연극으로 바
뀌었다. 셰익스피어의 『한여름 밤의 꿈』, 모차르트의 〈마술
피리〉처럼 환상적인 요소를 담은 연극과 가극이 탄생했고,
대중이 즐길 수 있는 판타지 미디어로서 사랑받았다.

영화 산업의 창시자 중 한 명인 조르주 멜리에스는 판타
지 영화의 디딤돌을 만든 감독이라고 할 수 있다. 그는 다양
한 특수기법으로 바다 속 모험이나 환상세계 탐험 같은 작
품을 연출했는데, 다른 업체에서 이를 모방하면서 판타지
영화가 성장했기 때문이다.

더글러스 페어뱅크스의 〈바그다드의 도둑〉, 프리츠 랑의
〈니벨룽겐의 노래〉 같은 장편으로 발전한 판타지 영화 산업

은 특수효과의 지평을 넓혀준
〈킹콩〉으로 극적인 변화를 맞
이했다. 거대한 고릴라가 뉴
욕 한가운데서 날뛰는 이 영
화에 매료된 레이 해리하우젠[1]
같은 이들이 특수효과 산업에
뛰어들면서 20세기 중후반의
특수효과 발전을 이끌고, 판
타지/SF 영화의 가능성을 넓
혀주었다.

그림 10 『천일야화』의 매력을 잘 살린 명작
〈바그다드의 도둑〉

　　1939년에 나온 〈오즈의 마법사〉는 판타지 영화로서는 이
례적으로 아카데미상 5개 부문에 후보로 선정되고 3개상을
수상하면서 화제가 되었다. 막대한 제작비 때문에 상업적으
로 성공하진 못했지만, 1998년 '미국 영화 베스트 100'에서
6위에 오르며 사랑받은 〈오즈의 마법사〉는 판타지 영화도
볼거리에만 그치지 않는다는 사실을 보여주었다.

특수효과의 명암

〈킹콩〉 이후 급격하게 발전한 특수효과는 판타지 영화의

---

1. 미국의 영화 제작자. 1950~1970년대에 수많은 SF, 판타지 작품에 손을 대 20세기
영화의 특수효과 역사를 만들었다는 평가를 받는다. 조지 루카스는 "해리하우젠이 없
었다면 〈스타워즈〉는 탄생하지 못했다"라고 했을 정도다. 영화에 대한 공적을 인정받아
1992년 아카데미 특별상을 수상했다. 〈고지라〉 같은 일본 영화에도 큰 영향을 주었다.

가능성을 더욱 넓혀주었다. 사람들은 그리스 신화를 소재로 거신상, 하피, 히드라, 해골병 같은 신화 속 사물이 살아 움직이는 〈아르고 황금 대탐험〉이나 거대한 공룡과의 격투를 멋지게 보여주었던 〈공룡 백만 년〉 같은 작품에 환호하며 더욱 멋진 볼거리를 바랐다. 이런 분위기 속에서 판타지 영화의 제작비는 계속 상승했으며, 볼거리에만 치중한 나머지 대중에게 외면당한 채 흥행에 실패한 작품도 늘어났다.

반면, 흡혈귀 전설을 바탕으로 좀비물이라는 장르의 탄생을 가져온 〈살아 있는 시체들의 밤〉이나 아서왕 전설을 소재로 한 패러디물 〈몬티 파이톤과 성배〉처럼 독특한 아이디어로 무장한 작은 영화가 성공을 거두면서 판타지 영화의 다양성을 넓혀주었다.

1988년에 선보인 〈누가 로저 래빗을 모함했나〉는 실사와 애니메이션을 혼합한 이제까지 없었던 새로운 영상을 선보인 작품이었다. 만화와 영화 인물이 한 화면에서 함께 행동하는 이 작품은 스톱 모션 이후 정체된 특수효과에 새로운 활력을 불어넣었다. 이후 컴퓨터 그래픽으로 살아 움직이는 공룡을 보여준 〈쥬라기 공원〉의 흥행으로 할리우드에서 스톱 모션 특수효과는 막을 내리고 판타지 영화의 영상은 완전히 달라졌다. 기사와 농담을 주고받으며 보상금 사기를 치는 용이 등장한 〈드래곤 하트〉와 동명의 게임을 바탕으로 수많은 용이 날아다니는 〈던전 드래곤〉처럼 생생한 용이 극장

그림 11 〈아르고 황금 대탐험〉

화면을 채우며 관객들을 놀라게 한 것이다. 하지만 대중적 평가는 썩 좋지 못했다. 〈드래곤 하트〉는 그나마 좋은 평을 받으면서도 적자를 면하지 못했고, 〈던전 드래곤〉은 홍보비 조차 건지지 못했다.

1980년 중반부터 1990년대까지 이어진 특수효과의 성장은 용이나 괴물이 활개치는 하이 판타지 영화 제작의 가능성을 부쩍 끌어올렸다. 그러나 이 시기에 만들어진 대작 하이 판타지는 아놀드 슈왈츠제네거의 매력을 앞세운 〈코난 바바리안〉을 제외하면 조지 루카스의 〈윌로우〉를 포함하여 대부분 흥행에 실패했다. 〈쥬만지〉, 〈미이라〉처럼 참신한 기획으로 성공한 작품도 있었지만, 용처럼 거대한 괴물을 등장시키는 것만으로 놀라게 하는 시대는 이미 지나갔기 때문이다. 오히려 〈레이더스〉, 〈고스트 버스터즈〉, 〈그렘린〉처럼 친숙한 현실 세계를 배경으로 한 작품이 호평받았다.

특수효과의 발전은 영화만이 아니라 TV용 드라마의 완성도도 높여주고 있다. 〈버피 더 뱀파이어 슬레이어〉나 〈엑스 파일〉 같은 로우 판타지는 물론 〈왕좌의 게임〉 같은 대규모 하이 판타지 스타일 작품도 선보일 수 있게 됐다.

한편, 컴퓨터 그래픽의 혜택을 본 것은 〈토이 스토리〉 같은 애니메이션이었다. 픽사에서 시작한 컴퓨터 그래픽 애니메이션은 3D 애니메이션 붐을 일으켰다. 〈슈렉〉을 비롯한 인기작이 나오고 〈겨울왕국〉의 성공으로 이어졌다. 2010년대에 들어서는 〈이상한 나라의 앨리스〉, 〈잭 더 자이언트 킬러〉(잭과 콩나무), 〈말레피센트〉(잠자는 숲속의 미녀)처럼 고전 동화를 재해석한 작품도 꾸준히 제작되었다.

한국에서도 컴퓨터 그래픽을 이용해서 만든 〈구미호〉, 〈야경꾼〉, 〈처용〉처럼 판타지 소재를 도입한 드라마가 인기를 끌고 있다. 특히 최근에 한국에서 인기 있는 드라마는 상당수가 판타지나 SF 요소를 도입한 작품인데, 비슷한 소재와 내용의 드라마에 식상한 시청자들이 참신한 작품을 찾고 있음을 보여준다.

판타지 영화의 역사는 특수효과의 역사와 다를 바 없다. 그동안 판타지 영화는 특수효과로 관객을 사로잡았지만, 이제는 특수효과만으로 눈길을 끌 수 없게 되었다. 컴퓨터 그래픽으로 특수효과의 한계가 사라져 수많은 작품이 제각기 눈에 띄는 특수효과로 무장하고 나오기 때문이다. 그만큼 훌륭한 이야기와 기획이 필요하다.

판타지 문화의 다양화

판타지 영화에 있어 2001년은 하나의 큰 분기점이었다. 〈반지의 제왕 : 반지 원정대〉가 3시간에 달하는 러닝 타임과 3부작 시리즈 중 첫 번째라는 약점에도 불구하고 흥행에 성공한 것이다. 〈반지의 제왕 : 반지 원정대〉는 극장 수익만으로 제작비(9300만 달러)의 10배에 가까운 엄청난 수익을 거두며 추락하던 하이 판타지의 가능성을 보여주었다. 또한 〈해리 포터 : 마법사의 돌〉도 엄청난 성공을 거두며 판타지 붐을 더했다. 여기에 드림웍스에서 야심차게 만든 〈슈렉〉은 못생긴 오크를 주인공으로 내세우고 미인이 오크로 변해버리는 예기치 못한 결말임에도 대성공을 거두었다. 픽사도 〈몬스터 주식회사〉로 성공을 거두었고, 〈센과 치히로의 행방불명〉은 2002년 일본 애니메이션으로는 처음으로 아카데미상을 받았다. 〈라라 크로프트〉 또한 준수한 성적을 거두면서 게임 원작 영화의 가능성을 입증했다.

이처럼 2001년 한해에 일어난 엄청난 변화는 다수의 판타지 영화, 특히 소설을 원작으로 한 대작 판타지 영화 제작 붐을 일으켰다. 『반지의 제왕』에 이어 『나니아 연대기』가 영화화되고, 『어스시의 마법사』가 일본 지브리에서 애니메이션으로 만들어졌다. 『에라곤』에 이어 『황금나침반』, 『잉

크하트』 같은 작품이 뒤를
이으며 상당한 성공을 거두
었다.

한편 〈캐리비안의 해적 :
블랙펄의 저주〉가 〈컷스로
트 아일랜드〉와 〈보물성〉
의 참패 후 자취를 감춘 해

그림 12 〈디 워〉

적 영화의 가능성에 불을 지폈다. 그 외에도 미국에서 박물
관 붐을 일으킨 〈박물관은 살아있다〉의 대성공, 〈트와일라
잇〉, 〈언더월드〉처럼 적은 제작비로도 인기를 끈 시리즈물
이 등장하며 판타지 영화의 다양성은 더욱 확대됐다. 반면,
〈레인 오브 파이어〉처럼 특수효과에만 의존하는 작품은 철
저하게 외면당했다.

2000년대를 장식한 판타지 영화의 연이은 성공은 훌륭
한 이야기와 기획이 특수효과를 만났을 때 어떤 결과가 나
오는지를 보여주지만, 특수효과에만 의존하는 작품의 참패
가능성은 더 커지고 있음을 느끼게 한다. 한국과 일본도 마
찬가지이다. 엄청난 예산을 쏟아부었던 〈디 워〉는 애국심
마케팅이라는 논쟁 속에 800만 관객을 이끌었음에도 큰 적
자였고, 미국에서는 비웃음만 받았다. 일본에서는 인기 애
니메이션을 원작으로 한 〈데빌맨〉, 〈가차맨〉 같은 작품이
제작되었지만 원작 팬에게조차 외면받았다.

애니메이션의 성장

애니메이션 분야에서는 일찍부터 다양한 판타지 작품을 선보였다. 미국에선 디즈니만이 아니라 워너브러더스, 콜롬비아 등 여러 회사에서 동화 소재의 애니메이션을 꾸준히 만들었다. 프랑스, 독일, 심지어 중국에서도 판타지 애니메이션을 제작했다. 특히 프랑스의 르네 랄루 감독이 만든 〈판타스틱 플래닛〉 같은 작품은 국내에서도 많은 이들에게 인정받았다.

미국의 애니메이션은 대부분 아동물이지만, 랄프 백시 감독의 1983년작 〈파이어 앤 아이스〉는 성인 애니메이션으로 주목할 만하다. 〈야만인 코난〉 같은 영웅 판타지가 붐을 일으킬 때 만든 이 작품은 로토스코핑을 이용한 사실적인 액션이나 애니메이션으로 높은 평가를 받았지만 흥행은 실패하여 아쉬움을 남겼다.

일본은 다양한 판타지 애니메이션을 선보였다. 야부시타 타이지 감독의 중국 경극을 원작으로 한 일본 최초의 장편 컬러애니메이션 〈백사전〉, 아이누 전설을 바탕으로 서양식 중세 판타지와는 차별되는 매력적인 영상미를 보여준 대작 〈태양의 왕자 호루스의 대모험〉, 『닐스의 모험』과 『호호 아줌마』 같은 외국 동화를 원작으로 한 애니메이션과 일본 만화를 원작으로 한 애니메이션이 나와 판타지 애니메이션의 폭을 넓혀주었다. 특히 일본의 전통적인 요괴 이야기를 발굴하여 엮어낸 미즈키 시게루의 『게게게의 기타로』 같은 작품은 일본만의 독특한 판타지 문화 발전에 도움을 주었다.

일본 판타지 애니메이션에는 〈이웃의 토토로〉, 〈마녀 배달부 키키〉 같은 동화풍 작품을 시작으로 〈모노노케 히메〉, 〈하울의 움직이는 성〉 등을 꾸준히 선보인 스튜디오 지브리를 빼놓을 수 없다. 『어스시의 마법사』를 원작으로 한 〈게드 전기〉처럼 혹평 받은 작품도 있었지만, 아카데미 수상작인 〈센과 치히로의 행방불명〉처럼 외국에서도 인정받은 작품을 다수 선보이며 세계적인 역량을 보여주었다.

일본의 판타지 애니메이션은 〈로도스도 전기〉, 〈슬레이어즈〉, 〈강철의 연금술사〉처럼 소설이나 만화 원작 작품이 대부분이다. 최근에는 〈어떤 마술의 금서목록〉, 〈던전에서 만남을 추구하면 안 되는 걸까〉처럼 라이트 노벨 원작 작품이 호평 받고 있다.

일본의 미디어 믹스 시스템이 제품 홍보에 초점을 맞춘 만큼 당시에 인기 끄는 작품을 10여 편으로 짧게 제작하는 편이지만, 2015년에는 1980년대에 나온 『아르슬란 전기』를 『강철의 연금술사』의 작가인 아라카와 히로무가 만화로 만들고 이를 바탕으로 한 장편 애니메이션이 제작되기도 했다.

다양한 스타일과 소재를 가진 일본의 판타지 애니메이션은 일본만이 아니라 한국, 중국 등 동양의 판타지 문화 성장에 영향을 끼치고 있으며, 지브리 외에도 많은 작품이 서양에 소개되어 일본의 독특한 판타지 문화를 전하고 있다.

한국도 1960년대부터 〈홍길동전〉, 〈공룡 100만년 똘이〉, 〈똘이장군〉 같은 판타지 애니메이션이 제작됐다. 최근에는 〈여우비〉, 〈마당을 나온 암탉〉 같은 동화풍 작품이 호평 받았다. 한편, 한국에서는 이례적으로 DVD로 직접 판매한 〈고스트 메신저〉는 한국 특유의 저승사자라는 요소와 핸드폰을 결합한 특이한 기획으로 팬들의 화제를 모으며 상당한 인기를 끌었다.

〈토이 스토리〉를 시작으로 〈겨울왕국〉이나 〈드래곤 길들이기〉 같은 판타지 애니메이션의 성공 사례는 애니메이션이 판타지라는 비일상적인 소재를 자연스럽게 받아들이게 만드는 좋은 매체임을 보여준다. 한국에서는 애니메이션을 아이들의 전유물로 생각하기도 했지만, 할리우드와 일본의 작품들은 애니메이션의 위상을 아이와 어른이 함께 즐길 수 있는 콘텐츠로 끌어올렸다.

5

게임의 시대와
판타지

롤플레잉 게임의 탄생

현대 판타지 문화 발전을 이야기할 때 게임의 영향을 빼놓을 수 없다. 판타지 게임은 『반지의 제왕』 같은 가공의 세계를 모험하고 싶다는 열망이 보드 게임과 연결되어 시작되었다. 이렇게 만들어진 테이블 탑 롤플레잉 게임Table-top Role Playing Game, TRPG은 플레이어가 각각의 인물을 맡아서 대화와 행동으로 연기하듯 진행하는 게임으로, 보드 게임처럼 규칙에 따라 진행하며 자신만의 모험 이야기를 완성한다. 일반적인 TRPG는 기본 설정을 바탕으로 모험의 무대에서 각자 역할을 수행하는 방식으로 진행된다.(제이슨 모닝스타가 디자인한 〈피아스코〉처럼 마스터 없이 플레이어끼리 진행하는 게임도 있다.)

예를 들어, 마스터가 "당신은 신비한 빛으로 둘러싸인 고대의 지하 유적 입구에 서 있습니다. 입구에 바위가 쌓여서

그림 11 최초의 TRPG〈던전&드래곤스〉

들어가지 못합니다" 같은 묘사로 상황을 설명하면 각 플레이어는 자신이 맡은 인물의 입장에서 어떻게 할지를 결정해서 행동한다. 정답은 존재하지 않으며 규칙이나 상식에 벗어나지 않는 이상 무엇이든 할 수 있다. 지하 유적에 들어가지 않고 모험을 중단해도 된다. 사건이 발생하거나 어떤 일을 할 때 성공 여부는 규칙에 따라 주사위를 굴리거나 카드를 뽑아서 처리한다.

이처럼 플레이어가 규칙을 바탕으로 선택과 행동을 하고 제각기 자신의 이야기를 만들어나가는 TRPG는 여럿이 모여야 한다는 단점과 처음 시작할 때 룰북rule book 한 권 정도는 읽어야 한다는 제약을 갖고 있다. 그럼에도 불구하고 TRPG는 자유롭고 다채로운 체험을 할 수 있는 창의적인 놀이로서 여전히 사랑받고 있다. 1974년 TSR에서 선보인 최초의 TRPG 〈던전&드래곤스〉를 시작으로 〈겁스〉, 〈소드 월드〉, 〈섀도우런〉, 〈월드 오브 다크니스〉, 〈페이트〉, 〈누메네라〉 같은 다양한 작품이 제작되어 〈젠콘〉 같은 TRPG나 미니어처 게임 행사에서 소개되고 있다.

　PC통신을 중심으로 발전한 한국 TRPG 문화는 1990년대 중반에 RPG 컨벤션 같은 행사를 열 정도로 확산되었지만 인기가 오래 가지 못했다. 최근 들어서 초여명 등 전문회사에서 크라우드 펀딩으로 번역 룰북을 꾸준히 소개하면서 다시 흥미를 끌고 있으며, 한국의 자작 룰북 제작도 다양하게 진행되고 있다.

컴퓨터 게임의 성장

TRPG로 시작한 판타지 게임 문화는 컴퓨터로 옮겨져 〈울티마〉, 〈위저드리〉의 탄생을 가져왔고, 일본에서도 폭발적인 인기를 끈 〈드래곤 퀘스트〉와 〈파이널 판타지〉로 이어졌다. TRPG의 모험을 홀로 컴퓨터로 하고 싶던 사람들에 의해 시작된 컴퓨터 RPG는 다채로운 설정과 스토리로 인기를 끌며 수많은 작품을 낳았다. 컴퓨터 게임은 주어진 이야기와 규칙을 따라야 했기에 TRPG보다 창의성은 떨어졌지만, 연기를 하거나 룰북을 읽을 필요 없이 바로 게임을 할 수 있어 금방 대세가 되었다. 특히 1982년 디나미크로사의 〈던전 오브 다고라스〉에서 시작하여 T&E 소프트의 〈하이드라이드〉, 니혼 팔콤의 〈드래곤 슬레이어〉 같은 게임으로 계승된 액션 RPG 는 주사위를 굴리며 진행하는 TRPG에선 할 수 없었던 실시 간 전투를 도입하여 새로운 RPG 붐을 이끌었다. RPG 주류 는 〈드래곤 퀘스트〉나 〈울티마〉처럼 턴 방식이었지만, 닌텐 도의 〈젤다의 전설〉이 대중의 인기를 끌었고 〈디아블로〉처 럼 쏟아지는 몬스터를 계속 물리치면서 진행하는 핵&슬래 시 게임이 인기를 모았다.

RPG에서 시작된 판타지 게임은 전략, 슈팅, 액션 같은 다양한 장르로 발전했고, 게임장에서도 아타리의 〈건틀렛〉, 캡콤의 〈던전&드래곤스〉 같은 명작을 낳았다. 게임의 주류 는 닌텐도의 패미콤 이래 게임장의 아케이드 게임기와 콘 솔 게임기로 넘어갔지만, 거대한 모험을 즐기는 RPG에서 는 컴퓨터 게임의 인기도 여전하다. 〈디아블로〉, 〈드래곤 에 이지〉, 〈엘더스크롤〉 같은 판타지 RPG가 인기를 끌고 있다.

한편, 한국의 판타지 게임 문화는 1987년 한국 최초의 상 업 게임인 남인환의 〈신검의 전설〉로 시작됐다. 이후 〈어스 토니시아 스토리〉, 〈창세기전〉의 등장과 성공으로 한국 게임 시장의 전성기를 구가했지만, 불법 복제와 번들 게임의 만연, 개발사의 불성실 같은 여러 가지 원인으로 온라인과 모바일 을 제외한 패키지 게임 시장은 거의 사라지고 말았다.

울티마 Ultima

영국 출신의 미국 게임 개발자 리처드 개리엇이 만든 컴퓨터 RPG의 고전. 〈던전&드래곤스〉를 바탕으로 만든 게임 〈아칼라베스〉를 시작으로 다양한 시리즈가 이어져 서양 컴퓨터 RPG의 기반을 구축한 작품 중 하나이다. 지구인이 로드 브리티시라는 군주 중 하나로 활동하는, '소사리아'라는 가공의 세계를 무대로 한 하이 판타지 작품으로 매우 높은 자유도를 갖고 있어 스토리를 따라가지 않고 다양한 삶을 살아가는 매력이 있다. 4편부터는 8대 미덕이라는 설정이 등장해 그 미덕을 추구하는 과정을 그려냄으로써 마왕 같은 외부의 적에만 맞서 싸우던 판타지 게임에 내적인 깊이를 더해준 작품으로 호평받았다. MMORPG인 〈울티마 온라인〉에서는 범죄나 구걸을 포함한 모든 일을 할 수 있는 게임이 되었으며, 판타지 세계 속에서 가공의 생활을 하는 재미를 주면서 게임 판타지 발전을 이끌었다. 플레이어의 분신으로서 '아바타Avatar'란 용어를 처음 사용하여 대중에 정착시킨 작품이기도 하다.

온라인 게임의 시대

1970년대 후반부터 대학 네트워크를 중심으로 MUD(머드, Multi User Dungeon) 게임 문화가 확산되었다. TRPG처럼 간단한 대화를 넣으면서 진행하는 이 게임은 네트워크 발전과 그래픽 향상으로 더 많은 이가 참여하게 되면서 대규모 온라인 RPG MMORPG, Massive-Multi Player Online Role Playing Game로 발전한다.

　루카스필름의 〈해비타트〉 같은 게임을 거쳐 1991년 스톰프론트의 〈네버윈터 나이츠〉에서 본격적으로 시작된 MMORPG는 수많은 플레이어가 하나의 가상 세계에 동시

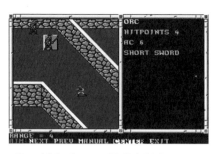

그림 14 세계 최초의 MMORPG 〈네버윈터 나이츠〉

접속해 협력하고 경쟁하며 생활하는 매력을 전해주었다. 1997년에 선보인 〈울티마 온라인〉*은 전투에 그치지 않고 요리나 구걸처럼 판타지 세계의 거의 모든 생활을 실현하여 많은 팬을 끌어들였다. 이후 많은 이가 함께 활동할 수 있는 레이드 같은 시스템을 도입한 〈에버퀘스트〉, 거대한 전쟁을 실현한 〈다크 에이지 오브 카멜롯〉 같은 게임에 이어 충실한 설정과 다양한 콘텐츠를 혼합한 〈월드 오브 워크래프트〉로 이어지며 MMORPG 시장의 성장을 가져왔다.

한국에서도 1996년에 나온 〈바람의 나라〉와 1998년의 〈리니지〉를 주축으로 많은 MMORPG가 나와 가공의 세계에서 활동하는 재미를 주고, 많은 사람이 함께 새로운 이야기를 만드는 가능성을 보여주었다. 〈리니지 2〉에서 진행되었던 '바츠 해방 전쟁'*은 수십 만 명의 사용자가 참여한 대규모 이벤트로 화제가 되었다.

한국의 MMORPG는 전투에 초점을 맞춘 핵&슬래시 방

바츠 해방 전쟁

2004년 6월부터 〈리니지 2〉의 바츠 서버에서 진행된 인터넷 전쟁. 지위를 앞세워 서버를 장악한 '드래곤 나이츠 혈맹'의 폭거에 모든 서버 이용자가 연합한 '바츠 연합군'이 맞서는 구도로 전개됐다. 4년에 걸쳐 매년 20여만 명 이상이 참여한 대규모 사건이었다. 크게 2차례로 나누어 진행된 이 인터넷 전쟁은 가장 큰 규모의 사건으로 현실의 정치처럼 경쟁과 분열 같은 사건들이 벌어지면서 주목 받았다. 게임 개발자가 제공한 스토리가 아니라 게임에 접속한 사용자들이 자발적으로 '역사'와 '이야기'를 만들어나갔다는 점에서 대규모 사용자에 의한 디지털 스토리텔링이자 사이버 세계의 사회 현상이 현실의 그것과 다를 바 없다는 것을 보여준 사례로 손꼽힌다. 이 사건은 명운화의 『바츠 히스토리아』란 소설로 각색되었고, 연구 책자에 이어 강희진의 소설 『유령』에 영감을 주었으며, 2011년 8월엔 경기도 미술관에서 바츠 해방 전쟁을 주제로 한 미술전 〈바츠 해방전〉을 개최하기도 했다.

식으로 알려졌지만 〈아이온〉, 〈테라〉, 〈아키에이지〉처럼 다양한 변화를 추구한 게임이 개발되며 외국에서도 인정받고 있다. 현재 한국의 게임은 〈세븐 나이츠〉, 〈레이븐〉, 〈뮤 오리진〉처럼 간단한 조작과 구성의 스마트폰 게임에 집중되어 있지만, MMORPG 분야의 인기는 여전해 지금도 새로운 게임이 개발되고 있다.

한편, 전투뿐만 아니라 요리, 농사 같은 생활을 체험하는 〈울티마 온라인〉, 〈마비노기〉 같은 게임은 가상현실 세계라는 느낌을 충실하게 전해 게임 속 이야기를 소재로 하는

'게임 판타지 소설'을 낳는 데 기여했다. 〈옥스타칼니스의 아이들〉을 시작으로 다수의 작품이 선보였으며 지금도 〈달빛 조각사〉 같은 작품이 인기를 끌고 있다.

게임에서 발전한 판타지 문화

환상 세계의 용사가 되어 위대한 여정에 나서 사악한 악을 물리치는 판타지 게임은 판타지 세계에 친근감을 갖게 해준다. 이런 판타지 게임과 게임 속 세계를 바탕으로 소설 등이 창작되기도 했다. 특히 서양 판타지 장르에 익숙하지 않았던 일본과 한국에서는 많은 사람들이 판타지 게임을 통해 판타지 문화를 접하여 새로운 문화를 낳았다.

일본 소설 『로도스도 전기』는 TRPG를 바탕으로 창작한 대표적인 작품이다. 게임을 하면서 진행한 내용에 새로운 세계와 인물을 추가하여 만들어진 소설로서, 애니메이션으로도 제작되어 한국에도 소개되었다. 엘프나 드워프, 도적, 성직자 따위로 구성된 동료 구성이나 상황을 이해하는 데 큰 도움을 주면서 한국의 판타지 붐에 큰 영향을 주었다.

미국과 일본에서는 오래전부터 게임을 바탕으로 소설, 애니메이션 같은 원소스멀티유즈 작업이 활발했다. 〈던전&드래곤스〉의 설정을 바탕으로 한 『드래곤 랜스』 시리즈 같은 게임 관련 상품들은 본래 게임의 인기를 바탕으로 시작했지만, 반대로 소설을 통해 새로운 게임 팬을 끌어들이며 호평받았다. 현재도 〈월드 오브 워크래프트〉, 〈디아블로〉 같은 많은 게임 소설은 물론 만화나 애니메이션, 영화가 선보이고 있다.

한국에서도 만화가 김진이 〈창세기전〉의 만화를 만든 것을 시작으로 다양한 작품이 등장했다. 『로한』, 『아키에이지』 같은 게임 소설은 별로 주목받지 못했지만, 『메이플 스토리』, 『던전 앤 파이터』, 『몬스터 길들이기』 같은 게임 만화는 대중적으로도 큰 인기를 끌어 『코믹 메이플 스토리 오프라인』은 80권까지 나왔다.

6

한국의 판타지와
판타지 장르의 가능성

한국 판타지 문화의 태동

한국의 판타지 문화는 일찍이 구전설화와 설총의 『화왕계』 같은 우화에서 출발했지만, 본격적인 시작은 김시습의 『금오신화』로 볼 수 있다. 중국 문학의 영향을 받아서 탄생한 『금오신화』 이후 『구운몽』, 『홍길동전』, 『전우치전』 같은 신마소설이나 전기소설이 선보이며 판타지 문화의 명맥이 이어졌다. 이 같은 문화는 『호질』 같은 짐승 우화로 이어졌으며, 1908년 안국선의 『금수회의록』 같은 작품이 선보였다. 독립 이후 한국에는 다양한 외국 작품이 들어왔지만 '검과 마법 이야기' 같은 작품이 아니라 주로 동화 작품에 그쳤다.

　『수호전』의 영향을 받아서 탄생한 『홍길동전』에서 시작된 협객 이야기는 『사각전』 같은 군담소설로 이어져 무협소설이라는 흐름을 만들어냈다. 1961년 김광주의 『정협지』

로 시작된 한국의 무협 문화는 1970년대 들어 와룡생 같은 중국 작가의 작품이 소개되면서 본격적으로 발전했다. 본격적인 창작 무협이 시작된 것은 1970년대 말부터다. 을제상인이란 필명을 쓴 김대식을 시작으로 금강, 사마달, 야설록, 서효원 같은 작가들에 의해 발전한 무협소설은 판타지의 영웅 이야기와 비슷한 느낌으로 호평받았다. 현재 무협소설은 판타지와는 차별되는 장르로 여겨지고 있다. 그러나 마법과 비슷한 힘인 내공과 각종 술법, 환상적인 생명체, 수천 년을 사는 선인과 요괴가 등장하는 점에서 판타지 문화와 일맥상통한다. 이런 무협소설은 한국 판타지 문화 발전에도 큰 영향을 주었다.

서양의 '검과 마법 이야기'를 중심으로 한 현대적인 판타지 문화는 1990년대 초 PC통신*과 게임 잡지의 등장으로 외국 장르 문화가 본격적으로 들어오면서 발전했다. '디트리트'라는 걸출한 캐릭터로 엘프 붐을 가져온 『로도스도 전기』, TV 애니메이션으로 인기를 끈 〈슬레이어즈〉, 〈던전&드래곤스〉, 〈소드 월드〉 같은 TRPG 문화와 〈울티마〉, 〈위저드리〉, 〈파이널 판타지〉 같은 게임, 그리고 『반지의 제왕』과 『드래곤랜스』 같은 영미권 판타지가 유입되었고, 서브 컬처 문화 유입의 선봉에 섰던 게임 잡지와 PC통신이 급속도로 확장된 것이다.

한국의 창작 판타지 문화는 1993년 이우혁이 선보인 『퇴

PC통신과 판타지 문화

PC통신의 초기 연재작은 SF나 무협이 많았지만 오래지 않아 판타지가 대세를 차지했다. PC통신 시절에는 다양한 작품 연재가 진행되는 한편 동호회를 중심으로 오프라인에서 모임이나 행사 등의 교류가 활발하게 이루어지기도 했다. 오늘날 인터넷과 달리 당시 PC통신 사용자가 소수였던 만큼 결집력이 높아 가능한 일이었다. 또한, 사용자의 수가 곧 수익과 직결되던 PC통신 업체가 동호회에 적극적인 지원 정책을 펼쳤던 것도 한몫했다. 이런 배경 속에 1990년대 중반에는 PC통신의 동호회를 중심으로 RPG 컨벤션 같은 행사가 수차례 열렸을 뿐만 아니라 TRPG나 판타지, 만화 동인지도 다양하게 선보였다. 동호회를 중심으로 한 소규모 동인 창작 문화는 PC통신의 시대가 저물어 동호회 지원 정책이 사라지면서 시들해졌지만, 중소 규모의 인터넷 카페나 사이트를 통해서 명맥을 유지하고 있다.

마록』을 시초로 볼 수 있지만, 이후 대세가 된 '검과 마법 이야기' 판타지의 발달은 1998년에 나온 이영도의 『드래곤 라자』 덕분이었다. 앞서 임달영의 『레기오스』(1994), 김근우의 『바람의 마도사』(1996)가 있었지만, 판타지에 대한 관심이 높아진 것은 『퇴마록』과 『드래곤 라자』의 상업적 성공이 있었기 때문이다.

1990년대 후반부터 이수영의 『귀환병 이야기』(1998), 홍정훈의 『비상하는 매』(1999), 전민희의 『세월의 돌』(1999), 이상균의 『하얀 로냐프 강』(1999) 등이 쏟아져 나오면서 판타지 붐이 일어났다. 이 시기의 창작 작품은 외래문화 유

입에서 시작되었기에 외국의
요소를 적당히 섞은 잡탕이자
팬픽에 가까웠지만, 시간이
지나면서 조금씩 우리만의 정
체성을 찾아가게 되었고, 『드
래곤 라자』 이후 완성도 높은
작품이 늘어나게 된다.

한국 판타지 문화의 태동
에는 만화의 영향을 빼놓을
수 없다. 한국의 판타지 만화
는 이두호의 『도사님 도사님 우리 도사님』(1984), 신일숙의
『아르미안의 네 딸들』(1986), 이보배의 『내 짝꿍 깨몽』(1989)
같은 작품으로 발전했다. 특히 중근동을 배경으로 가상의
국가인 아르미안을 무대로 네 공주의 삶을 그려낸 『아르미
안의 네 딸들』은 깊이 있는 연출과 내용으로 많은 인기를 끌
었다. 신일숙은 훗날 신화적 영웅 이야기인 『리니지』를 집
필했는데, 이 작품은 정통파 판타지의 스타일로 눈길을 끌
었고, MMORPG로 제작되어 인기를 누렸다.

동양풍의 판타지 작품으로는 김진의 역사 판타지 『바람
의 나라』(1992)를 빼놓을 수 없다. 고구려 대무신왕(무휼)을
주역으로 한 『바람의 나라』는 김진 특유의 미려하고 세밀
한 그림과 깊이 있는 심리 묘사, 사신수와 술법 같은 흥미

로운 설정으로 인기를 모았으며 MMORPG, 뮤지컬, 드라마로도 제작됐다.

한국의 판타지 만화는 순정만화를 중심으로 제작되었지만 《아이큐점프》 같은 소년잡지가 등장하면서 박성우의 『팔용신전설』(1993), 양경일의 『소마신화전기』(1993), 이명진의 『라그나로크』(1997), 형민우의 『프리스트』(1998) 같은 작품이 연재되었다. 많은 작품이 외국에 수출되고 게임 같은 미디어로 만들어지는 등 인기를 끌었는데, 『프리스트』는 2011년 미국에서 영화까지 제작되었지만 원작의 재미를 살리지 못해 흥행은 하지 못했다.

한국 판타지 문화의 성장

『퇴마록』과 『드래곤 라자』에서 촉발된 한국의 판타지 문화는 이후 다양한 작품이 등장하면서 양적으로 급격하게 팽창했다. 당시 판타지 문화의 성장에는 도서대여점의 영향력이 컸다. 도서대여점이 증가하며 일본의 번역 만화가 대량으로 유입되고, 무협에 이어 판타지소설이 큰 호응을 얻기 시작했다. 2000년대를 기점으로 도서대여점이 만 개 이상으로 늘어나면서 판타지 시장은 급격하게 성장했다.

한국 판타지는 판타지 시장의 성장 과정에서 대체 역사나 차원 이동물, 퓨전 판타지, 게임 판타지처럼 다양한 스타일을 추구하는 한편, 게임과 만화 같은 다른 미디어로의 진출을 모색하기도 했다. 미디어로의 진출은 큰 성과를 거두지는 못했지만, 정통 판타지 문학 이외의 여러 퓨전 문화 작품은 소설로 인기를 끌면서 하나의 장르로 정착하기에 이르렀다.

무협과 판타지를 융합하여 탄생한 전동조의 『묵향』(1999)은 속칭 퓨전 판타지물의 대표적인 사례이다. 『묵향』은 무협 세계에서 판타지 세계로 넘어가 활약하는 작품이었지만, 반대로 판타지에서 무협으로 넘어가는 작품도 있었고, SF 분위기를 넣은 작품도 있었다. 퓨전 판타지가 등장하는 과정에 차원 이동 판타지도 유행했다. 차원 이동 판타지는 도서대여점의 급격한 증가와 함께 비슷비슷한 내용과 구성의 모방작이 많은 양산형 판타지 소설(속칭 양판소)이라 불리는 작품들의 모체가 되기도 했다. 양산형 판타지 소설의 탄생과 범람은 도서대여점 문화와 연결되어 판타지 문화 전체에 대한 평가 절하를 불러오기도 했지만, 『드래곤 라자』처럼 도서대여점을 넘어 판매 시장에서도 호평받은 작품도 있다.

한편, PC통신에서 시작된 연재는 인터넷으로 무대를 옮겨 조아라, 문피아 같은 대규모 연재 사이트를 중심으로 계속되고 있다. 이런 사이트는 대중적이고 인기가 높은 검과 마법 이야기, 무협물에 중점을 두고 있다. 중소규모 연재 사이트는 검과 마법 이야기에서 벗어난 다양한 형태의 판타지 스타일을 추구했는데, 특히 환상문화 웹진 서울은 녹특한 아이디어의 단편을 중심으로 검과 마법류 장편과는 차별되는 흐름을 만들어냈다.

시대의 변화와 흐름

대여점 중심의 판타지 시장은 규모가 커서 시장의 유지에 도움이 되었지만, 점차 성장 없이 자기 복제를 거듭하는 구조적 한계에 처하게 된다. 작품의 완성도가 떨어지는 책이 쏟아져 나오면서 질적으로 우수한 작품은 묻히는 사례가 늘어났다.

대여점 중심의 판타지 시장이 쇠퇴하면서 대원 등의 출판사에서 일본의 라이트 노벨을 수입하기 시작했다. 대여점 유통이 아닌 직접 판매로 가닥을 잡은 라이트 노벨은 인터넷으로 유입된 일본 애니메이션 열풍 덕분에 대성공을 거둬 판타지 시장에 새로운 바람을 불어넣었다. 라이트 노벨을 출간하는 회사가 늘어나고, 공모전으로 신진 작가를 수혈하고, 창작 판타지를 라이트 노벨 판형으로 바꾸는 등 출판사들의 적극적인 마케팅으로 라이트 노벨 시장은 급격히 성장한다. 하지만 만화, 애니메이션에 가까운 라이트 노벨은 일본 애니 팬의 규모를 넘어 확산되지 못했고 경쟁만 치열해지면서 수익률은 떨어졌다. 그 결과 대여점 시장의 축소와 더불어 판타지 시장의 정체를 가져왔다.

스마트폰과 태블릿의 등장은 정체된 판타지 시장에 변화

를 가져왔다. 스마트폰과 태블릿으로 전자책 시장이 활성화되고 온라인 대여나 유료 연재라는 시스템이 도입된 것이다. 이처럼 수익이 작가에게 직접적으로 돌아가는 시스템이 마련되자, 작가들도 스마트폰과 태블릿이라는 매체의 특성에 적합한 새로운 스타일의 작품을 만들기 시작했다. 이런 작품에 자본과 작가들의 관심이 증가하면서 질적 성장 또한 이루어지고 있다.

2000년대 중반에 들어서면서 만화잡지의 쇠퇴로 감소했던 판타지 만화 역시 최근 포털을 중심으로 한 웹툰으로 급격한 성장을 이루며 많은 작품이 나오고 있다. 페이지를 넘기지 않는 스크롤 방식을 도입한 웹툰은 독특한 연출과 편하게 찾아볼 수 있다는 접근성으로 대중의 인기를 얻었다. 초기엔 일상을 그린 시트콤 스타일 작품이 유행했지만, 현재는 다양한 소재의 장편 작품도 꾸준히 선보이며 호평받고 있다. 여기에 스마트폰의 등장은 지지부진하던 전자책의 가능성을 단숨에 끌어올렸다. 개인이 출판사를 차릴 필요 없이 책을 낼 수 있는가 하면, 세계 시장에 직접 진출해 인기를 끄는 믿기 어려운 현실을 만들었다. 실제로 장재연의 만화 『비비』가 30주간 애플 아이북스 전자책 분야에서 1위를 하는 등 세계 시장에 직접 진출하여 인기를 끄는 작품도 늘어나고 있다.

이 같은 변화와 함께 근래 판타지 작품은 일본이나 서양 작품의 모방을 넘어 판타지 세계에 우리 삶의 모습을 투영하는 등 우리만의 것으로 발전하는 모습을 보여주고 있다. 한국을 넘어 일본이나 중국, 타이완 등에도 선보이고 있는 한국의 판타지 문화는 한국 장르 문화 속에서 가장 대중적이고 역동적인 장르로서 사랑받고 있다.

판타지 장르의 가능성

지금까지 소개한 것처럼 판타지는 매우 오랜 역사를 가지고 다양한 모습과 형태로 발전했지만, 한국의 판타지 문화는 그리 다양한 모습을 보여주지 못했다.

한국에서 판타지 소설은 외국 작품과 동화를 제외하고도 매년 수천 권이 출간된다. 조아라나 문피아 같은 연재 사이트에서는 더 많은 작품이 선보이고 있지만, 대부분이 '검과 마법 이야기'나 '차원 이동 모험물'을 벗어나지 못하고 자기복제를 거듭하는 것이 현실이다. 이 같은 상황은 독자들이 판타지를 외면하는 상황을 초래했으며, 근래에는 라이트 노벨조차 자기 복제가 거듭되면서 팬들이 떠나고 있다.

판타지를 외면하는 독자들을 다시 끌어오기 위해서는 중세 기사물을 바탕으로 한 '검과 마법 이야기' 같은 모습에만 집착하지 않고 다양한 가능성을 모색해야 한다. 일찍이 『퇴마록』이 세계 각지의 퇴마 내용을 섞어 새로운 스타일을 만들어냈고, 『눈물을 마시는 새』에서 도깨비나 나가 같은 설화

및 신화 속 존재를 내세운 종족을 만들어냈듯이 판타지의 약속에 구애받지 않고 더욱 자유로운 상상으로 개성을 찾아야 한다. 이를 위해 앞서 소개한 것처럼 다양한 판타지를 살펴보고 즐길 뿐만 아니라, 작가 자신과 작가가 바라는 독자에게 맞는 방식을 찾고자 노력해야 한다. 나아가 웹이나 앱 같은 새로운 매체에 어울리는 새로운 방식의 글쓰기나 창작을 시도할 필요도 있다.

거리를 가득 채운 150개 이상의 요괴상이 사람들을 맞이하는 '미즈키 시게루 로드'는 『게게게의 기타로』 같은 다양한 요괴물로 호평받은 만화가 미즈키 시게루를 기념하여 만든 곳이다. 매년 수많은 관광객이 방문하는 이곳에서 사람들은 미즈키 시게루가 발굴한 요괴 이야기를 즐기며 일본의 다채로운 요괴 문화를 만끽한다. 거리 하나에 150개 넘는 요괴상을 만들 수 있듯이, 일본은 요괴 이야기가 풍성한 곳이다. 전국에 수많은 신사가 있고 요괴나 신의 전설이 내려오면서 일본의 창작 문화를 풍족하게 만들어준다. 하지만 이 같은 요괴가 만화의 소재로 널리 사용된 것은 미즈키 시게루가 어린 시절 들었던 요괴 이야기에 애정을 갖고 일본 각지, 나아가 세계 각지의 요괴 이야기를 발굴하고 이야기로 만들었기 때문이다.

안데르센이 샤를 페로나 그림형제가 발굴한 전래동화에 자신만의 해석을 더한 창작 작품으로 사람들을 즐겁게 해주고, 톨킨이 신화와 전설을 소재로 중간계라는 멋진 세계를 만들어 현대 판타지 문화를 이끌었듯이, 판타지 문화는 기존에 있던 작품에만 안주하지 않고 나만의 것을 찾고자 했던 창작자의 노력이 담겨 있다.

포송령은 거리에 자리를 펴고 앉아 행인에게 차와 술을 대접하며 설화와 전설을 수집했다. 그가 수집한 설화와 전설은 『요재지이』라는 명작으로 만들어져 동양 판타지 문화에 큰 영향을 주었다. 이미 있는 이야기를 수집하되 이에 안주하지 않고 새로운 스타일을 정착시킨 포송령처럼, 이 책에서 소개한 판타지의 다양한 하위 장르를 살펴보고 여러 작품과 소재를 찾아보면서 나만의 그리고 우리만의 새로운 판타지 문화를 이끌어나갈 수 있기를 바란다. 판타지는 '환상적인 세계에서 펼쳐지는 삶의 이야기'. 무언가에 구애받지 않는, 자유로운 꿈을 펼쳐내는 장르이므로.

작법

판타지 작가에게 듣는
판타지 소설 쓰는 법

박애진

 내 경우로 이야기를 시작하자면 어릴 적부터 공상하는 버릇이 있었고, 책을 좋아했다. 어린 시절 읽은 동화책 속에는 엄지만 한 공주, 밤에는 무시무시한 괴물이지만 햇빛을 쬐면 돌이 되는 트롤, 착한 소녀를 위해 밑 빠진 독의 구멍을 몸으로 막아준 두꺼비, 복숭아에서 태어난 소년까지 온갖 것들이 있었다. 정신없이 책을 읽다가 밥을 먹으라고 부르는 소리에 고개를 들면 갑자기 낯선 현실이 눈앞에 나타났다. 내가 있는 곳은 저주에 걸려 사람부터 동물까지 남김없이 다 잠든 적막한 도시가 아니라 오래된 나무 벽으로 둘러싸인 낡은 소파 위였다.

 늘 이야기에 흠뻑 빠지기만 했던 건 아니다. 때로 이해가 지 않는 점들이 있었다. 생일잔치에 초대받지 못한 게 그렇게까지 화날 일이었을까? 왜 항상 막내딸은 예쁘고 구박하는 언니들은 못생겼을까? 자라면서 자연스레 머릿속을 떠다니던 의문에 혼자 하던 공상을 더해 글로 옮기기 시작했다. 판타지 소설에서는 뭐든지 가능했다. 드래곤 등에 올라타 하늘을 날고, 커피에서 미소년이 나타나고, 전차처럼 움직이는 도시가 다른 도시를 쫓아가 잡아먹을 수도 있었다.

진지하게 글을 쓰기 시작한 뒤 여러 시행착오를 겪으며 판타지 소설도 다른 소설과 마찬가지로 뭐든 마음대로 쓰면 안 된다는 걸 알았다. 판타지 소설은 현실의 경계에서 벗어나 제한 없는 상상의 세계에서 펼쳐지는 이야기로, 다른 무엇보다 틀에 갇히기를 거부하는 자유로운 영혼이 필요하지만, 동시에 야생마처럼 날뛰는 상상을 소설이라는 틀에 담기 위한 몇 가지 고삐를 갖춰야 한다.

이 글은 그간 미약하나마 판타지 소설을 써온 경험을 바탕으로 글을 쓰는 사람, 그것도 판타지 소설을 쓰는 사람이 실제로 글을 쓰는 과정에서 부닥칠 어려움과 익히면 좋은 버릇, 글 안에서 조금만 살려주면 훨씬 맛깔스러워지는 지점에 대한 이야기로 구성했다. 이 글이 판타지 소설을 쓰기 시작한 예비 작가들에게 조금이라도 도움이 되길 바란다.

작가가 되는 꿈, 작가가 되는 길

이 글을 읽는 많은 사람들이 한때 글을 썼거나, 언젠가 쓰고 싶은 마음이 있거나, 계속 쓰고 있는 이들일 것이다. 처음 글을 쓰게 되는 계기는 대부분 비슷하다. 마음에 드는 글을 읽고, 영화나 만화를 보고, 해당 작품과 닮았지만 다른 자기만의 이야기를 만든다. 그렇게 쓴 글을 친구들에게 보여주고 인터넷에 올린다. 친구들이나 독자들이 호응하면 흥이 돋아 더 열심히 쓰게 된다.

'영감'님은 초심자에게 관대하다. 바라지도 않았는데 이야기들이 샘솟는다. 그렇게 글을 쓰며 마음 한구석에 "혹시 나는 천재가 아닌가?" 하는 생각을 품는다. 글을 쓰는 사람이면 누구나 마음속에 있는 생각이다. "나는 아직 세상이 알아주지 못한 천재야."

그런데 어느 날 착상이 사라진다. 술술 쓰던 이야기가 갑작스레 막힌다. 친구들의 호응이 줄어든다. 야심차게 응모했는데 떨어진다. 이 중 어떤 것이든 처음 장벽을 만난 시점에서 대다수가 한때 글을 썼던 추억을 가지고, 언젠가 다시 쓰고 싶다는 막연한 소망을 품으며 그만둔다. 아주 소수만이 이 단계를 넘어 계속 글을 쓴다.

여기서는 장벽을 만난 사람들은 장벽을 넘고, 아직 습작 단계에 머무는 이들은 더 나은 글을 쓰도록 환상소설을 쓰는데 기본이 되는 점들과 가까이하면 좋은 습관들에 대한 이야기를 하고자 한다. 물론 막연한 구상만 있을 뿐 실제 써보지 못한 분들에게도 도움이 될 것이다.

① 착상은 어떻게 얻는가

판타지 소설은 보통 현실과 다른 법칙으로 움직이는 세계를 기반으로 한다. 그렇다고 판타지 소설을 쓰는 시작점이 되는 발상, 이야기의 핵심 소재, 등장인물을 찾으러 너무 멀리 갈 필요는 없다. 살아오며 자연스레 만들어진 세상은, 상하관계는, 사회질서는 어떠어떠하다는 고정관념에서 벗어나면 일상의 작은 곳에서도 판타지 소설의 소재를 찾을 수 있다. 그러려면 끊임없이 질문을 던지며 상상력을 발휘해야 한다. 한문 시간은 왜 이렇게 졸리지? 혹시 한문 선생님은 학생들이 졸 때마다 에너지를 얻는 외계인인가? 소크라테스는 정말로 "너 자신을 알라"는 말을 했을까?

김이환의 『절망의 구』에서는 아무 것도 아니라면 아무 것도 아닌 검은 구가 사람을 쫓아다니며 삼킨다. 김현중 작품집 『마음의 지배자』에 수록된 단편 「부안 왕손이」의 왕손이는 포클레인을 의인화했다. 때로 단어 하나만 원래 뜻에서 바꿔도 판타지 소설이 될 수 있다. 작품집 『원초적 본능 feat.미소년』에 수록된 「나의 사랑스러웠던 인형 네므」의 경우, 네므는 사람처럼 생긴 식물이므로 사전적 의미의 인형은 아니지만, 인형이라 명명하며 환상성을 부여했다. 주변에서 흔히 마주치는 사물, 늘 마주하는 일상에 새로운 의미를 부여하는 것만으로도 좋은 착상을 얻을 수 있다. 절대반지를 소유한 작가로 자유롭게 선언하라. 당신의 마음을 끄는 대상에 '인형', '도시', '도서관'이라고 명명하는 순간, 국어사전의 정의를 벗어난 한 작가만의 '도시'가 만들어진다. 절대반지는 강한 만큼 위험하다. 남용할 경우 독이 되어 자칫 작가가 잡아먹힌다. 세계의 법칙을 만드는 건 작가의 마음대로 할지라도, 일단 만든 법칙은 지켜야 하고 이야기는 그 법칙 안에서 움직여야 한다.

착상은 내면에서도 찾을 수 있다. 실제 겪은 일, 그 일에서 느낀 감정을 최대한 끌어올려 이야기에 필요한 부분은 확대하고, 불필요한 부분은 과감히 삭제한다. 많은 사람들이 오랫동안 누군가를 짝사랑했는데 수줍어서, 자연스레 다가갈 기회가 없어서 고백하지 못한 경험이 있다. 그걸 과장하면 노비가 주인집 자제를, 킹콩이 아름다운 금발 여인을 사랑한 극적인 이야기를 그릴 수 있다. 초등학교 때부터 사회에 나갈 때까지 20년 지기 친구에게 뒤통수를 맞았다면, 100년간 등을 맞대고 전장에서 싸워온 전우에게 배신당하는 이야기를 만들 수 있다.

매일 일기를 쓰는 습관을 들이는 것도 중요하다. 좋은 일, 슬픈 일, 화난 일, 스스로 내가 그랬다고 인정하기 싫었던 모습까지 빠뜨리지 않고 세세히 기록하면 필요할 때 되짚으며 그 감정과 상황을 가져와 응용할 수 있다. 어떤 배우가 애인과 헤어지며 슬피 우는 장면을 찍을 때 눈물이 나지 않아 엄마가 죽는 상상을 했다는 인터뷰를 본 적이 있다. 상황은 다를지라도 눈물은 눈물이고, 슬픔은 슬픔이다. 격한 감정을 겪었다면 갈무리해둘 필요가 있다. 그렇다고 글을 쓰며 등장인물과 상황에 지나치게 몰입해서는 곤란하다. 독자들이 판타지 소설에서 읽고 싶은 건 이야기지, 일기가 아니니까.

② 아는 이야기에서 시작하라

어쩌다 수년간 환상문학웹진 거울http://mirror.pe.kr에서 예비 작가들이 올린 글을 읽어 짧은 평을 하고 우수작을 선정하는 일을 했다. 예비 작가들의 글을 읽다 보면 비슷한 취약점이 눈에 띈다. 바로 쓰고 싶은 이야기와 쓸 수 있는 이야기를 구분하지 못한다는 점이다.

처음 글을 쓸 때는 되도록 글을 쓰는 이와 같은 성별, 비슷한 나이의 인물을 만들기 권한다. 10대가 쓴 40대 주인공은 아무래도 40대처럼 말하고 행동하지 않는다. 잘 모르는 연령대를 그리려면 그 연령대에 대한 이해가 필요하다. 마찬가지로 이미 지나간 나이라고 쉽게 그리면 곤란하다. 내가 10대였을 때와 지금의 10대는 같은 듯 다르다. 특히 유년기나 어린아이들을 그릴 때는 더욱더 정밀한 관찰과 통찰이 필요하다. 잘 모르겠다면 해당 연령대의 주인공이 나오는 책과 영화를 보고, 그 연령대의 사람에게 질문하기 바란다. 그게 어렵다면 위에 썼다시피 자신이 잘 아는 연령대의 인물을 그려야 한다.

마찬가지로 이야기도 잘 아는 소재에서 시작해야 한다. 자기도 잘 모르는 이야기는 아무도 설득하지 못한다. 모르는 이야기를 쓰면 수백 년에 걸친 전쟁을 그리면서도 왜 사람이 둘만 있어도 작은 다툼이 끊이지 않는지를 설명하지 못하고, 아는 이야기에서 시작하면 초등학생들이 같이 쓰는 책상에 줄을 긋고 "선 넘어오는 물건은 내 거"라는 장면을 그리는 것만으로도 어째서 인류사에 전쟁이 끊이지 않는지를 보여줄 수 있다.

잘 아는 이야기에서 시작해 조금씩 아는 영역을 넓혀가야 한다. 주변 인물들을 관찰하고, 신문을 읽거나 뉴스를 보고, 소설만이 아닌 전문 서적을 찾아 탐독하기 바란다. 그렇게 초등학생이 줄 긋고 싸우는 이야기에서 시작해 조직 내에서의 암투, 나라와 나라 간의 전쟁, 종족과 종족이 벌이는 혈투로 이야기를 확장해나간다.

③ 시작한 글은 끝내야 한다

시작한 글을 다 쓰지 못하고 포기하게 되는 가장 큰 이유는 바로 글을 쓰는 게 상상 이상으로 힘들기 때문이다. 글을 구상할 때는 머릿속이 쓰고 싶은 부분 위주로 흘러 신이 난다. 막상 쓰기 시작하면 예기치 못했던 힘든 점이 드러난다.

장면이나 대사가 기대만큼 술술 풀리지 않기도 하고, 앞에서 만든 이야기들이 예상보다 커지며 수습이 안 되거나,

연재를 했는데 호응이 없어 흥이 식고, 쓰다 지치는 등등 수많은 난관이 있다. 첫술에 배부를 수 없다. 첫 글부터 독자들의 열렬한 환호를 받기 쉽지 않다. 글쓰기란 본디 혼자만의 싸움이며 지독하게 고독한 작업이다.

구상한 장면을 글로 옮기기 위해서는 좋은 글을 읽고, 직접 쓰며 훈련하는 것 외에 다른 방법이 없다. 당장 쓰기 힘든 장면이라도 대충 넘기지 않고 최선을 다해 밟고 지나가야 정말 쓰고 싶었던 장면이 빛난다. 자신 없는 장면은 영화나 드라마를 참고하는 방법도 있다.

이야기가 수습되지 않는 것도 결말이나 결말까지 가는 과정을 명확하게 생각하지 못해 생기는 경우가 많다. 어떻게든 매듭을 지어야 한다. 쓰다 말고 포기하면 다음 글에서도 같은 실수가 반복된다. 다른 도리가 없다. 독자들의 무반응도, 내 안에서 이야기에 대한 믿음이 흔들리는 순간도 이겨내야 한다. 천리 길도 한 걸음부터라고 길도 없는 험한 산도, 물이라곤 찾아볼 수 없는 사막도 한 번에 한 걸음씩 걷다보면 결국 언젠가 끝은 난다.

새 글을 쓸 때마다 내가 얼마나 글을 못 쓰는지 실감하곤 한다. 글을 쓸 때마다 어떤 점이 부족한지 드러나기 때문이다. 뜻대로 풀리지 않는다고 포기하지 말고 이번 글에서 부족했던 점은 다음 글에서 향상시키며, 한 작품씩 완성해나갈 때에만 실력이 는다.

④ 글을 공개하라

글의 완성은 발표다. 부모가 낳았다고 자식이 부모 뜻대로 자라지 않듯, 글도 발표한 순간 새로운 생명을 얻는다. 독자들이 의도한 대로 읽지 않는다고 좌절할 필요 없다. 어쩌면 독자들이 읽은 게 작가의 의도보다 정확할 수도 있다.

요즘은 글을 발표할 공간이 얼마든지 있다. 친구들에게 보여주는 이상으로 불특정 다수에게 글을 공개해야 타인의 시선으로 글을 볼 수 있다. 몇 번을 확인해도 없던 오타가 인터넷 게시판에 글을 올린 뒤에야 보이는 게 그 한 예이다.

사람들은 대체로 타인에겐 엄격하고 스스로에게는 관대하다. 다른 이가 쓴 책은 냉정하게 보면서 본인이 쓴 글은 그 글을 쓰느라 애쓴 시간과 노력이 아른거리며 미숙한 부분은 작아 보이고 의도한 부분은 더 빛나게 읽힌다. 그래서 다른 사람에게 보여주고 평을 받는 게 중요하다.

⑤ 진정성이 핵심이다

소설의 기본이자 날고 기는 작가들이 써 온 글에 단련된 독자에게 감동을 주는 원천은 진정성이다. 진정성 있는 글이란 쉽게 말해 진심을 담아 쓴 글이다. 기술적으로는 크게 흠잡을 곳이 없는데 심드렁하게 읽히는 글이 있고, 미숙한데도 마음을 울리는 글이 있다. 이 차이가 바로 진심, 진정성에서 나온다. 그러려면 막연히 재미있을 것 같다는 상상 이상으로 본인의 마음을 움직이는 이야기를 찾아야 한다.

어떤 이야기에 가장 공감하는가? 택배로 물건을 주문하면서도 택배 차량은 아파트에 들어올 수 없게 한 어떤 아파트 주민들처럼 크고 작은 삶에서 맞닥뜨리는 부당, 말 못하고 끙끙 앓는 짝사랑, 직장 상사의 횡포, 가족 간의 사랑과 갈등, 고난을 딛고 꿈을 이루려는 열정……. 이 중 무엇이든 다른 어떤 것이든 자기 마음 깊은 곳을 움직이는 진짜 현실 속에서 이야기를 찾아야 한다.

판타지 소설이 '킬링타임'용 소설일 뿐 '문학'이 아니라는 편견은, 판타지 소설과 현실이 아무 관련 없다는 오해에서 나온다. 놀랍게도 예비 작가들 중에도 이런 편견을 가진 사람들이 있다. 판타지 소설은 많은 경우 현실만을 다루는 소설보다 더 생생하게 현실을 그릴 수 있다. 『헝거게임』(수잔 콜린스 지음)은 약자로 억눌려온 이들이 일으킨 혁명에 대한 이야기이고, 『워터십 다운의 열한 마리 토끼』(리처드 애덤스 지음)에는 수많은 인간상이 들어 있다.

나는 왜 이 이야기를 쓰고 싶은지, 이 이야기에 무엇을 담고 싶은지 끊임없이 스스로에게 물어 답을 찾아야 한다.

⑥ 자기 글의 장점을 파악하라

글의 단점을 고치는 것 이상으로 자신의 장점이 뭔지 파악해 갈고 닦기 바란다. 털어서 먼지 안 나는 글은 없다. 모든 글은 장단점이 있다. 단점을 고치는 데만 신경 쓰다 보면 자첫 글이 평범해진다. 본인만의 장점으로 단점을 덮어야 한다. 물론 매번 덮을 수 있는 건 아니니 단점을 극복할 필요도 있다.

매 글마다 한 가지 목표를 잡는 것도 괜찮다. 이번 글에서는 '길동'이라는 인물의 내면을 제대로 표현하겠다, 다음 글에서는 손발이 사라질 정도로 달콤한 장면을 반드시 그려보겠다, 이렇게 하나씩 기술을 쌓아가는 방법도 있다.

⑦ 판타지 소설도 기본기는 똑같이 중요하다

판타지 소설을 쓰는 많은 예비 작가들이 판타지 소설은 재미있는 이야기가 중요하지 문장은 의미가 없다고 말한다. 이 이야기를 들을 때마다 문장의 중요성을 너무 가볍게 보는 듯해 안타깝다. 이야기가 재미있으면 됐지 문장이 무슨 소용이냐는 말은 노래만 잘 부르면 어떤 노래인가는 상관없다는 말과 같다. 때로 놀라운 가창력을 지닌 가수는 평범한 노래도 뛰어난 노래로 만든다. 잘 쓴 곡은 노래를 못 부르는 사람이 불러도 좋은 노래라는 걸 알 수 있다. 그렇다면 좋은 곡을 가창력 있는 가수가 부르면 얼마나 뛰어난 노래가 나올지 쉽게 상상할 수 있을 것이다.

문장이 덧없다는 사람은 흔히 좋은 문장에 대해 오해를 하기 때문이다. 좋은 문장은 소설 속 상황과 감정을 가장 정확하게 표현하는 문장이다. 그걸 위해 여러 비유나 묘사를 쓰는 거지, 화려한 기교와 은유를 사용하는 길고 복잡한 문장이 좋은 문장은 아니다.

힘든 일이 있어 친구에게 상담을 하니 친구가 지금 심정이나 상황을 자기 자신보다 더 정확하게 표현해주었을 때 얼마나 큰 위안이 되는지 많이들 겪어보았을 것이다. 판타지 소설 속 이야기는 아무래도 현실 속 독자가 경험하기 힘든 일이다. 좋은 문장은 독자가 한 번도 마주친 적 없는 극단적이고 낯선 상황, 격렬한 감정에 이입하게 한다.

조금 거친 비유지만 수많은 난관을 넘어 마침내 드래곤 레어에 도착한 주인공이, 몸을 슝 날려 칼을 휙 휘둘러 드래곤의 아킬레스건을 자르니, 드래곤이 쿵 쓰러진다면 독자가 이 장면에서 스릴과 박진감을 느끼기 어려울 것이다. 갓 부화해 날개도 채 마르지 않은 어린 꿀벌이 산전수전 겪은 말벌을 앞에 둔 공포처럼, 사실상 이기기 불가능한 싸움이라는 전제, 그걸 극복하고 승리하는 장면을 그리려면 최소한의 성의 있는 서술이 필요하다. 소설은 문장으로 쓴다. 문장만으로 독자들이 4D영화를 보듯 풍경을 눈앞에 그리고, 소리를 듣고, 향기를 맡아야 한다는 말이다.

몇 가지 요령을 적어보겠다. 먼저 가능한 한 의성어를 피하기 바란다. 의성어는 독자의 상상력을 제한한다. '쿵'이라고 쓰는 것보다 거대한 물체가 쓰러지는 소리를 연상하게 하는 비유로 표현하는 쪽이 더 효과적이다. 다음으로 가능한 한 문단 내에 같은 단어는 피하는 게 좋다. 가수들이 노래할 때 같은 가사가 반복되면 강약을 조절해 풍부한 감정을 담아내듯 단어를 풍성하게 하면 글도 풍요로워진다.

단어가 달라지면 문장도 달라진다. 쓸 수 있는 단어와 문장의 폭을 넓혀야 한다. 적당한 단어가 생각나지 않으면 비슷한 말 사전을 참고하는 것도 좋다. 우리나라 고전 소설들을 읽고, 이오덕의 『우리글 바로쓰기』 등 문장에 관한 책들을 찾아보며 혹시 잘못된 습관이나 번역투가 붙지는 않았는지 수시로 점검하기 바란다.

판타지 소설을 맛깔나게 하는 몇 가지 공식

여기서는 글 안에서 주의할 점과 신경 써서 살려주면 글이 빛날 수 있는 몇 가지 장치에 대한 이야기를 하려 한다.

① 사소한 복선이 이야기에 감칠맛을 더한다

복선은 강렬한 반전을 위해서만 존재하지 않는다. 사소한 복선으로도 이야기를 풍성하게 만들 수 있다.

영국 드라마 〈닥터 후〉의 한 에피소드 도입부에서 주인공인 닥터가 아이스크림을 먹다 숟가락을 핥는 장면이 나온다. 그후 숲길 외나무다리를 건너던 닥터 앞에 로빈 후드가 나타나 칼싸움을 건다. 칼이 없던 닥터가 품에서 꺼낸 건 숟가락이었다. 숟가락이 칼을 상대해 이길 리 없다. 로빈 후드가 이겨가던 찰나 닥터가 몸을 돌려 로빈 후드를 엉덩이로 밀쳐 다리에서 떨어뜨린다. 이야기의 후반부에서 로빈 후드는 까마득한 높이에 있는 외나무다리와 유사한 철골 위에서 악당 두목과 싸운다. 로빈 후드는 칼을 놓치고 악당이 우세해진다. 그 순간 로빈 후드는 닥터가 했듯이 몸을 돌려 악당을 엉덩이로 밀어낸다. 숟가락을 핥던 작은 복선이 점점 커지며 이야기의 절정을 구성한다.

『은하수를 여행하는 히치하이커를 위한 안내서』(더글라스 애덤스 지음)의 등장인물 아서는 우회로를 만들려고 집을 철거하려는 용역들에 맞서 집 앞에 드러눕는다. 같은 시각, 은하계 초공간개발위원회에서는 초공간 고속도로를 건설하고자 지구를 철거하려 한다. 아서의 집이 철거되는 게 부당한 것과 똑같은 이유로, 지구가 철거당하는 것도 부당하다. 아서라는 한 사람이 시에 맞설 방법이 없었듯, 시 정치인들도 은하계 초공간개발위원회 앞에서 무력하다. 아서의 집 철거 이야기를 앞에 넣었기에 지구가 철거되는 모습을 '웃프게' 연출할 수 있었다.

이런 작은 복선이나 장치를 적극적으로 활용하면 평범한 맛을 빛나게 하는 '셰프의 킥'처럼 이야기를 맛깔스럽게 만들 수 있다.

② 몰입을 끌어올린 후에 죽여라

에픽 판타지 같은 경우 인물들이 죽는 경우가 왕왕 생긴다. 살아남은 인물에 대해서는 계속 이야기할 수 있다. 하지만 죽는 인물은 거기서 이야기가 끝난다. 때문에 죽기 전에 그 인물이 할 수 있는 이야기는 모두 해야 한다. 최소한 죽기 전에 한 번은 조명할 필요가 있다. 많은 드라마에서 단역은 주연에게 이름을 알려주고 가벼운 친분을 쌓은 뒤 죽는다. 관객에게 그 인물에게 이입할 시간을 주기 위해서다. 소설에서도 마찬가지이다. 인물이 죽은 뒤 슬픔을 표현하는 서술보다 죽기 전 서술이 더 중요하다. 한 번도 말한 적 없던 과거의 비밀을 털어놓든, 늘 비겁하게 숨다가 한 순간 용기를 내든, 마음에만 품고 있던 사랑을 마침내 고백하든 자기 생의 절정을 맞이한 뒤에 죽으면 슬픔은 간략하게 서술해도 된다. 친구, 가족, 동료를 잃은 자의 슬픔을 길게 서술하는 건 독자에게 슬퍼하라고 요구하는 것이다. 슬픔은 요구할 수 있는 게 아니다. 인물의 절정을 찍은 뒤 죽여야 독자가 자연스레 슬픔을 느끼게 된다.

③ 환상의 세계라도 그 안에 사는 사람에게는 일상이다

역설적이지만 판타지 소설이야말로 현실성이 필요하다. 드래곤이 먹이사슬의 최강자로 군림하고, 엘프, 드워프, 늑대인간이 사람과 함께 살아가는 세계를 독자가 살아 있는 진짜 세계로 생생하게 받아들이려면, 환상적인 장치 못지않은 그 세계의 현실을 구현해야 한다.

오래전에 태국으로 배낭여행을 간 적이 있다. 태국 어느 작은 도시에서 버스를 타려고 보니 차벽에 닭, 오리 등 새는 태울 수 없다는 표시가 붙어 있었다. 우리나라 버스에는 없는 표시다. 닭이나 오리를 데리고 버스를 타는 일이 흔하지 않기 때문이다. 금으로 덮은 사원을 볼 때보다 그 버스 표시를 볼 때 태국이 내가 살던 곳과는 다른 규칙으로 움직이는 낯선 나라라는 걸 실감했다.

영화 〈괴물〉에서는 대낮에 한강에서 괴물이 튀어나온다. 주변에서 평화로운 한때를 즐기던 사람들이 앞다투어 달아난다. 그리고 한강을 지나는 버스 창문 너머로 한 할머니가 무심히 그 모습을 지켜본다. 소리 지르며 도망치는 사람들보다 이게 무슨 일인지 반쯤은 남의 일처럼 지켜보는 할머니의 시선이 갑작스레 일상 속에 끼어든 환상과 공포가 주는 이질감을 극대화했다.

환상 세계 속 일상을 그려야 그 세계의 특이점도 보일 수 있다. 절대반지가 만 개쯤 굴러다닌다면 아무도 그걸 특별하게 여기지 않을 것이다. 램프의 요정이 무제한으로 소원을 들어주고, 하늘을 날고 싶을 때마다 날고, 물속에서 몇 시간이고 숨을 쉴 수 있다면, 소원은 소원이 아니게 되고 지상과 하늘, 물속에 아무런 차이가 없어진다. 드래곤을 타고 하늘을 날아다니는 세계라도 평범한 사람은 말을 타는 게 금지된다면 하늘을 나는 경험이 더 특별해질 것이다. 하늘에 닿을 듯 거대한 궁궐을 그리고 싶다면 그 밑에 개미처럼 보이는 작은 인간과 대조하는 연출이 필요하다. 판타지 소설에서 느낄 수 있는 경이와 환상을 주려면 그 세계 속 평범한 일상을 그려 대비를 줘야 한다.

④ 무적은 매력이 없다

강한 인물에게는 제한, 다른 말로 약점을 줘야 한다. 1970년대에 나왔던 고전 애니메이션 〈메칸더V〉의 메칸더V는 지구를 지키는 무적의 영웅이지만 싸울 수 있는 시간은 3분밖에 되지 않았다. 영생을 사는 뱀파이어는 햇빛을 받으면 죽고, 절대 상처를 입지 않는 그리스 신화 속 영웅 아킬레스는 딱 한 곳 발꿈치는 다칠 수 있었고, 절대반지는 주인의 정신을 망가뜨린다.

무적은 지루하고 비현실적이다. 주인공이든, 적이든 약점이 하나쯤은 있어야 강점이 빛나고 생동감을 얻는다.

미래의 판타지 작가를 기다리며

글을 쓸 때 가장 중요한 건 무엇보다 시간을 들여 글을 쓰는 그 자체에 있다. 작가와 몽상가의 차이는 실제 글을 쓰느냐, 어떤 작가가 될지 상상만 하느냐이다. 하루에 다만 30분이라도 책상에 앉아 한 글자라도 써야 한다. 글은 다른 일을 다하고 남는 시간에 쓰는 게 아니다. 글을 쓰려면 무언가를 포기해야 한다. 매일 쓸 수 없다면 최소한 일주일에 하루라도 날을 정해 컴퓨터 앞에 앉아야 한다. 어느 날은 종일 앉아 있어도 원고지 한 매를 채우지 못한다. 그럴지라도 착상이 오든 오지 않든, 글이 잘 풀리든 풀리지 않든, 정해진 날 정해진 시간을 두고 써야만 어느 순간 정체가 끝나고 고속도로가 뚫리듯 달리게 되는 날이 온다.

어떤 글을 쓰고 싶은가, 그 글을 어떻게 하면 쓸 수 있는가, 내 글의 장단점은 무엇인가, 스스로를 정확하게 읽으며 갈고 닦는다면 좋은 글을 쓸 수 있을 것이다.

마지막으로 판타지 소설 쓰는 법을 쓴 사람으로 모순된 말을 하는지 모르겠지만 '판타지 소설은 이렇게 써야 한다'는 생각에 사로잡히지 말기 바란다. 다른 사람이 쓴 판타지 소설을 쓰는 법은 거들 뿐, 본인만의 방법과 이야기를 찾아야 한다.

이 글을 읽은 모든 분들의 건필을 기원한다.

판타지와
게임 스토리텔링

앞서 소개했듯, 현대 판타지 문화 발전에는 게임이 큰 역할
을 하고 있다. 하지만 한국 시장에서 게임의 영향력에도 불
구하고, 게임을 통한 스토리텔링에 대한 연구나 이해는 많
이 부족하다. 이에 대한 이해를 돕고자 여기서는 판타지 게
임 스토리텔링을 소개한다.

　독자나 관객으로서 이야기를 보기만 하는 소설, 만화, 영
화와 달리 게임은 플레이어라고 부르는 사용자가 직접 게임
세계에 뛰어들어 '체험'한다. 헐크가 되어 도시를 때려 부수
고, 시장이 되어 건물을 세우며, 마왕으로서 용사들에 맞서
요새를 지키는 등 인물을 조종하는 가운데 나만의 이야기를
만들어간다. 진행에 따라 위기의 규모가 달라지고 분위기가
변하며, 심지어 적이 세상을 지배하는 결말을 맛볼 수도 있
다. 게임 스토리텔링은 다음의 몇 가지로 형태로 구분한다.

1. 위기 돌파

영화, 소설처럼 정해진 이야기 속에서 전투 같은 위기에 사용자가 개입하는 방식이다. 이야기 자체는 바뀌지 않지만, 이야기의 중요한 국면에서 인물을 조종해서 상황을 극복한다. 위기 돌파 방식은 이야기를 여러 부분으로 나누어 각 부분의 중요한 상황을 진행한다. 영화를 보다가 전투가 벌어지면 인물을 조종해서 싸우는 느낌으로 영화보다 훨씬 긴 내용에 다양한 활약을 하게 된다.

영화 기반 게임 〈반지의 제왕 : 왕의 귀환〉에서 사용자는 영화 속 한 장면에서 인물을 조종해서 전투를 진행한다. 마법사 간달프가 서 있는 성벽 너머로 수많은 적이 밀려오는 장면이 눈앞에 펼쳐지고, 사용자는 간달프를 조종하여 적에 맞선다. 성벽에 사다리가 걸쳐지고 사방에서 격전이 펼쳐지는 와중에 칼과 지팡이를 휘두르며 적을 쓰러뜨리고, 사다리를 밀쳐 떨어뜨리며 적을 몰아낸다. 성벽 위에 적병이 가득한 상황에서 밀려오는 적의 공성탑을 뒤늦게 발견하고 간발의 차이로 투석기를 쏘아 파괴하는 순간, 갑자기 괴물이 날아와 투석기를 박살낸다.

사용자가 실패하면 성벽은 적으로 가득차고 세상은 악의 손에 영원히 떨어진다. 전투에 승리해도 이야기의 흐름은 바뀌지 않지만, 한순간 사용자는 간달프가 되어 수많은 적에 맞서 성벽을 지켜내는 희열을 느낀다. 게임 개발자는 이 같은 체험이 즐겁게 느껴지도록 시스템을 만들고 연출해야 한다.

2. 선택에 따른 분기

〈반지의 제왕 : 왕의 귀환〉이 영화 속 전투를 체험하게 하는 반면, 〈페이트 시리즈〉에서는 주인공이 어떤 선택을 하는가에 따라 이야기의 진행 자체가 달라진다.

강력한 적이 나타나 동료가 싸우고 있을 때 나는 어떤 선택을 할 것인가? 무력하다는 걸 알고 가만히 지켜보고만 있을 수도 있고, 어떻게든 돕고자 발버둥 칠 수도 있다. 평소 동료에게 쌀쌀맞게 대했다면 동료는 나를 신뢰하지 못하고 최후의 대결에서 배신할 수 있으며, 마음에 없는 히로인에게 친절하게 대하여 정말로 좋아하는 상대와 헤어질지도 모른다. 이처럼 다양한 상황에서 여러 가지 선택이 생겨나고 이에 따라 이야기가 나뉘어 다양한 결말로 나아간다.

선택에 따른 분기 방식에서 게임 개발자는 다양한 분기점과 그 후의 이야기 전개를 만들어두며, 사용자는 선택에 따라 여러 가지 결말을 맛본다. 오른쪽, 왼쪽의 선택만이 아니라, 호감이나 신뢰 같은 수치를 두고 선택에 따라 이 수치가 변해 결말을 바꾸기도 한다. 때로는 특정 결말을 봐야만 다른 선택지가 등장하기 때문에 몇 번이고 다시 게임을 즐기며 다양한 이야기를 체험한다. 시작이 같고 결말은 다른 여러 편의 영화 같은 느낌이지만, 내가 선택한 결말이라는 점에서 사용자는 성취감을 느낀다. 그래서 게임의 선택은 사용자가 납득하고 자연스러운 형태가 되어야 한다. 가령 연인이 절벽에 매달려 있을 때 구하지 않는다고 선택하는 사람이 얼마나 될까? 이처럼 뻔한 선택만 나열하면 하나의 결말만 제시한 소설이나 영화와 다를 게 없으며 재미만 떨어뜨린다.

3. 영웅의 여정

〈드래곤 퀘스트〉는 마왕을 물리치고 세상을 구하는 내용의 RPG이다. 진행에 따라 스토리가 바뀌지는 않지만, 중간의 진행 방식에 따라서 이야기에 대한 느낌이 달라지며 영웅의 여정을 체험한다. 결말이 달라지지 않기에 '영웅의 여정' 방식은 '위기 돌파' 방식과 유사하지만, '위기 돌파' 방식이 이야기 속에서 일부 정해진 상황만 참여하는 반면 '영웅의 여정'은 거대한 세계를 자유롭게 돌아다니며 주어진 해답을 찾아나가는 점에서 다르다.

〈드래곤 퀘스트〉에서 공주를 납치한 용왕의 성은 가까이에 있지만 처음엔 용왕의 부하조차 이길 수 없다. 어떻게 하면 용왕을 물리치고 공주를 구할 수 있을까? 수많은 적을 물리치고 성장하는 와중에 동료를 얻고, 용사의 칼과 방패를 얻으며 주인공은 점차 목적에 다가간다. 때로는 예기치 못한 사건으로 동료를 잃거나 위기에 빠지지만, 그때마다 필사적으로 노력하며 용왕을 물리치는 여정을 체험한다. 그렇게 강해진 주인공이 사악한 용왕과의 최후 대결에서 승리하고 공주를 구해낼 때, 사용자는 최고의 성취감을 맛볼 수 있다. 시작과 결말은 같지만 그 과정은 사용자마다 다르고 같은 이야기라도 다르게 느껴진다. 아니 같은 사용자라도 게임을 할 때마다 다르게 느끼게 된다.

한편, '영웅의 여정' 방식 게임 중에는 주인공과 동료를 조종해서 악을 물리치는 모험에 나서는 것이 아니라, 〈워크래프트〉처럼 거대한 군대를 이끌고 적을 물리치는 작품도 있다. 사용자마다 전략과 전술을 자유롭게 선택할 수 있을 뿐만 아니라, 내가 원하는 진영을 선택하여 원하는 결말을 만들기도 한다. 게임 〈반지의 제왕 : 배틀 포 미들어스〉에서는 요정이나 인간이 아니라 모르도르의 사악한 세력을 선택하여 오크와 나즈굴 같은 괴물을 조종해서 중간계를 정복하는 재미를 맛볼 수 있다.

4. 모험 여행

〈엘더스크롤 5 : 스카이림〉에서 주인공은 스카이림의 세계를 자유롭게 돌아다니며 모험을 진행한다. 용왕에게서 공주를 구해야 하는 (그리고 마왕을 물리치고 세상을 구하는) 목적이 뚜렷한 〈드래곤 퀘스트〉와 달리 〈스카이림〉의 주인공은 적병으로 오인되어 처형되기 직전 탈출했다는 상황은 있지만 이후의 목적은 스스로 선택하며 다양한 모험을 체험한다.

세계를 위협하는 '알두인'이라는 적이 있고 이를 물리치는 것이 최종 결말이지만, 〈스카이림〉의 모험은 여기서 막을 내리지 않고 그 후에도 계속 이어진다. 세계 곳곳에 수많은 모험이 존재하고 사람들이 살아가고 있어 그 삶을 체험하면서 주인공의 모험은 이어진다. 심지어 사용자가 직접 모험을 만들어내고 다른 사람이 만든 모험을 가져와 즐길 수도 있다. 세계의 설정에 맞춰 이야기는 존재하지만 플레이어는 다양한 상황에서 다양한 선택을 하고 그에 따라서 모험의 흐름이 달라진다.

사용자는 적과 싸울 수도, 협상할 수도 있고 선한 행동도 악한 행동도 할 수 있다. 사용자가 진행하는 모든 선택은 '사용자가 어떤 존재'인지를 결정하게 되고 그에 따라서 이야기는 달라진다. 사용자는 세상을 구하는 영웅이 되기도 하지만, 때로는 악당이 되어 세상을 파괴한다.

사용자에겐 여러 가지 가능성이 제시된다. 처음 설정은 있지만, 매 순간의 선택에 따라 주인공은 달라진다. 가령 선량한 기사라고 하더라도 진행에 따라 사악한 현상범이 될 수도 있으며, 그에 따른 재미를 느낀다. 때로는 주인공의 죽음으로 이야기가 끝나기도 하지만, 모든 것이 사용자 자신의 선택이기에 만족하고 재미있게 체험한다. 이처럼 자유로운 환경을 위해 제작자는 다양한 상황과 가능성을 준비해야 하며 플레이어가 '무엇을 할 수 있는지' 명확하게 알려주어야 한다.

5. 대규모 온라인 플레이

인터넷 게시판에서 각자 글을 쓰면서 다양한 상황이 전개되듯이 수많은 이가 참여하는 대규모 온라인 게임에서는 여러 플레이어가 활동하면서 다양한 가능성이 펼쳐진다. 여럿이 함께 거대한 적에 맞서 싸워 물리치고, PC끼리 나라나 조직으로 나뉘어 때로는 협력하고 때로는 전쟁을 벌이면서 자신들만의 이야기와 상황을 만들어나간다. 앞서 소개한 '바츠 해방 전쟁'처럼 수많은 이가 자유롭게 움직인 결과 거대한 전쟁이 벌어지고 그들만의 모험이 전개될 수 있다.

게임의 방향성에 따라서 다양한 상황이 전개되기도 한다. 〈마비노기〉 같은 게임에서는 전투만이 아니라 농사나 요리 같은 일상이 중요할 수 있고, 〈다크 에이지 오브 카멜롯〉에선 세 나라의 종교 전쟁에 초점을 맞춰 이야기가 진행된다.

이처럼 플레이어의 '체험'에 따라서 변화하는 게임 스토리텔링은 플레이어가 즐기는 방식에 따라 매우 다양한 형태가 있으며 각기 다른 재미를 준다. 소설이나 만화 같은 미디어와 차별되는 게임만의 스토리텔링 방식은 게임만이 아니라 다른 미디어에도 영향을 주고 있으며, 〈옥스타칼니스의 아이들〉, 〈달빛 조각사〉처럼 가상현실 온라인 게임을 무대로 한 '게임 판타지 장르' 같은 새로운 가능성을 만들어내면서 판타지 문화를 더욱 풍성하게 키워나가고 있다.

부록 2

판타지를 이해하는 데
도움이 되는 책

외국 작품

『강철의 연금술사』

아라카와 히로무의 만화로, 애니메이션으로 두 번이나 만들어
졌다. 현대를 무대로 신비한 이야기를 엮어내고 싶다면 꼭 보길
권하는 작품. 시작부터 끝까지 모든 이야기가 연금술이라는 개
념 하나에 의해서 만들어지고 구성되면서 재미를 준다.

『게이트: 자위대, 그 땅에서, 이처럼 싸우며』

자위대 출신 일본 작가 야나이 타쿠미의 소설. 스타게이트 같
은 차원의 문으로 일본과 연결된 판타지 세계를 무대로 문명의
충돌을 그렸다.

『구인 사가』

쿠리모토 카오루의 소설. 표범 머리를 한 구인이라는 영웅의 활약상을 그린 작품. 1979년부터 작가가 사망할 때까지 외전 포함 150권이 출간되었다.

'귀족 탐정 다아시 경' 시리즈

랜달 개릿의 대체 역사물. 영국, 프랑스, 북미 일부가 통합된 가상의 영불 제국을 무대로, 마법을 활용해 사건을 해결하는 수사관의 활약을 보여준다. 마법 이야기를 싸움이 아닌 '추리'라는 측면에 활용하는 독특한 재미를 느낄 수 있다.

『끝없는 이야기』

미카엘 엔데의 소설. 공상을 좋아하는 소년이 우연히 손에 넣은 책을 통해 환상계로 향하는 모험담. 환상계에서 무엇이든 이룰 수 있다는 점에서 전형적인 차원이동 판타지의 모습을 보여주지만, 이를 위해 '기억'을 희생해야 한다는 점이 눈길을 끈다. 책을 통해서 환상계로 갈 수 있고, 환상계를 통해 성장한다는 내용을 통해 우리에게 '판타지 소설의 가능성과 이상적인 모습'을 보여주는 사례라고도 할 수 있다. 창작자라면 한번쯤 읽어보길 권하는 작품.

『나는 전설이다』

리처드 매드슨의 소설로 좀비물의 시초라 여겨진다. 흡혈귀들

만이 존재하는 세계에 남겨진 인간 주인공의 이야기를 통해서
전설이나 괴물이라는 것이 무엇인지에 대해서 생각하게 만드
는 작품.

『나니아 연대기』

C. S. 루이스의 이 작품을 소개하는 것도 식상하게 느껴질지 모
르겠지만, 나니아 연대기는 특히 어린이를 위한 동화(동시에 어
른들도 재미있게 볼 수 있는)를 쓰려는 이들에게 참고할 만한 좋은
작품으로 손꼽는다. 전형적인 차원 이동물 작품인 동시에 나니
아라는 매력적인 세계를 연출한 C.S.루이스의 솜씨, 그리고 여
기에 담긴 여러 가지 사상을 충실하게 구현한 연출력은 남녀노
소를 가리지 않고 보편적으로 재미있게 볼 수 있는 판타지 작품
창작에 큰 도움을 준다.

『니벨룽겐의 노래』

용을 물리친 영웅 지그프리트의 죽음과 아내의 복수극을 그린
중세 서사시. 바그너의 오페라로도 만들어졌고, 『반지의 제왕』
에도 영향을 주었다.

『닐스의 모험』

스웨덴 작가 셀마 라게를뢰프의 동화. 스웨덴 교육부의 의뢰를
받아 만든 작품으로 노벨 문학상을 받았다.

『대런 섄』

대런 섄(대런 오쇼너시)의 소설. 친구를 구하려 반 뱀파이어가 된 소년이 뱀파이어 전쟁에 말려드는 내용을 그렸다.

『듀라라라!!』

나리타 료우고의 소설. 목 없는 기사인 듀라한이 오토바이를 타고 돌아다니는 도시를 무대로 한 비일상적인 일상을 그렸다. 애니메이션으로도 제작되었다.

『드라큘라』

브램 스토커의 소설. 기존의 다양한 작품을 바탕으로 만들어졌지만, 사실상 현대 흡혈귀물의 기본은 이 작품에서 비롯되었다고 해도 과언이 아니다. 영화, 애니메이션, 만화 등 여러 작품으로 제작되었다.

『드래곤 랜스』

〈던전&드래곤스〉를 바탕으로 만든 마가렛 와이스의 소설. 전형적인 하이 판타지 시스템과 구성에 대해 이해하는 데 좋은 작품이며, 무엇보다도 재미있다. 『반지의 제왕』 같은 작품이 거대한 전쟁을 그려냈다면, 『드래곤 랜스』는 보통 작은 파티의 모험담을 그려내는 경우가 많은데, 마치 게임을 보는 듯한 연출과 전개로 쉽게 볼 수 있게 도와준다.

『드래곤과 조지』

고든 R. 딕슨의 소설. 아스트랄 투사란 과학 실험으로 다른 세계 용의 몸에 들어가 버린 주인공의 활약을 그린 작품. 〈공룡아 불을 뿜어라The Flight of Dragons〉란 제목의 애니메이션으로 제작되었고, 여러 속편이 선보이며 '드래곤 나이트' 시리즈로 불린다.

'드레스덴 파일즈' 시리즈

뉴욕에서 활동하는 마법 탐정, 드레스덴을 주역으로 한 짐 버처의 판타지 추리소설. 도시를 무대로 한 도시 판타지에 대한 이해를 높이는 데 도움을 주는 작품이다. 드라마도 있지만, 국내에 소개된 『마법살인』과 『늑대인간』을 권한다.

『로그 호라이즌』

토노 마마레의 라이트 노벨. 어떤 이유로 온라인 게임에 계속 머무르게 된 주인공들이 그 세계에서 살아가는 이야기를 그렸다. 소설보다도 애니메이션을 통해서 '온라인 게임'의 개념이나 특성 등을 잘 소개하는 작품이다. 특히 온라인 게임의 세계를 이해하는 데 도움을 준다.

『로도스도 전기』

가상의 세계 로도스 섬을 무대로 한 미즈노 료의 전쟁 판타지 소설. 중세 판타지라 불리는 전통 판타지 스타일을 국내에 알린 작품 중 하나.

『R.O.D』

쿠라타 히데유키의 소설. 독서를 사랑하고 종이를 자유롭게 조종할 수 있는 종이술사가 적에 맞서 싸우는 이야기. 만화, 애니메이션도 있다.

『리플레이』

켄 그림우드의 소설. 인생을 다시 진행할 수 있게 돌아가게 된 사람이 삶을 반복하면서 자신의 현재를 되찾아가는 과정을 그린 작품. 속칭 '리플레이물'에 영향을 주었다.

『마술사 오펜』

아키타 요시노부의 판타지 소설. 암살술을 배웠지만, 해결사로 활동 중인 마술사 주인공이 다양한 사건에서 활약하는 이야기.『슬레이어즈』와 함께 인기를 끌며 라이트 노벨 판타지 붐을 일으켰다.

『메리 포핀스』

오스트레일리아 출신의 영국 작가 파멜라 린던 트래버스의 작품 시리즈. 마법으로 사람들을 돕는 가정교사 메리 포핀스의 흥미로운 일상을 보여준다.

『모모』

미카엘 엔데의 소설. 평범한 부랑아 소녀 모모와 그녀가 살고 있는 마을을 통해서 '시간에 쫓기는 현대인'을 새롭게 바라보게 만드는 이야기. 바로 지금 이 순간에 더욱 어울리는 작품으로, 우리의 행복에 대해 다시 생각하게 한다.

『물의 아이들』

영국 성공회 사제이자 작가인 찰스 킹슬리의 판타지 소설. 부잣집 소녀와 친구가 되어 쫓겨나고 물에 빠져 '물의 아이'가 된 굴뚝청소부 소년의 모험담으로, 사회주의자였던 킹슬리의 사회에 대한 비판 의식이 잘 담긴 작품이다.

『반지의 제왕』

J. R. R. 톨킨의 판타지 소설. 소설뿐만 아니라 게임을 포함한 모든 판타지 작품의 원류인 동시에 완성형의 하나로서 꼭 읽기를 권하는 작품이다. 심지어 몇몇 창작자들은 '100편의 판타지 소설을 읽기보다 반지의 제왕 하나를 정독하기를 권한다.'라고 할 정도인데, 톨킨의 이 저작에서 가장 눈에 띄는 것은 우리 세계와는 다른 하이 판타지 세계를 실제로 존재하는 것처럼 묘사하고 연출하고 있다는 것이다. 그의 작품을 보면 중간계의 모습이 눈앞에 펼쳐지고, 정말로 내가 중간계를 여행하는 느낌을 준다. 여유가 된다면 동화인 『호빗』과 중간계의 신화이자 역사 얘기인 『실마릴리온』도 권하지만, 그보다는 영화 〈반지의 제왕〉을 통해 톨킨의 상상이 실제로 구현된 모습을 보는 게 더 낫다. 특히, 확장판 DVD(블루레이)에 담긴 제작 다큐멘터리는 어지간한

판타지 영화, 게임, 또는 삽화에 대한 여러 편의 강의를 보는 것 보다도 충실한 경험을 전한다.

『뱀파이어 헌터 D』
키쿠치 히데유키의 소설. 귀족이라 칭하는 흡혈귀에게 지배당하는 미래를 무대로 초인적인 힘을 가진 귀족에 맞서는 헌터의 활약을 그린 작품.

『뱀파이어』
영국 작가 존 폴리도리의 소설. 흡혈귀 소설의 초기작 중 하나로, 최초로 성공한 흡혈귀 장르 작품이라고 불린다.

『베오울프』
영웅 베오울프의 모험을 그린 서사시. 영문학 중 가장 오래된 전승이자, 고대 영어 문헌 중에서 가장 긴 작품 중 하나이다.

『벤자민 버튼의 시간은 거꾸로 간다』
미국 작가 스콧 피츠제럴드의 단편집 『재즈 시대 이야기』에 수록된 단편. 늙은 모습으로 태어나 점차 어려지는 주인공을 통해 인생을 보여준다.

『봉신연의』
중국 명대의 인물 허중림의 작품으로 추정되는 역사 판타지. 은

주 왕조 교체의 역사에 유불선의 요소를 결합해서 만든 작품으로 신선과 요괴가 대결하며 역사를 이끄는 내용을 다루고 있다. 문학적 평가는 높지 않지만, 술법 연출이 동양 판타지에 큰 영향을 주었다. 서유기와 함께 동양적인 판타지 작품을 구성할 때 참고할 만한 작품. 문학적인 완성도는 다소 떨어지지만, 수많은 요괴와 신선의 대결이 만화처럼 재미있게 펼쳐진다. 다채로운 술법과 법기라고 불리는 도구들을 볼 수 있다는 점도 매력적인 작품.

'부기팝' 시리즈

카도노 코헤이의 소설. 세계의 적에 맞서는 부기팝이라는 도시전설이 실존하는 세계를 무대로, 다양한 능력 대결이 벌어지는 작품. 현실을 무대로 비현실적인 설정이 뒤섞이는 라이트 노벨 스타일을 정립한 작품으로도 평가된다.

『서유기』

중국 명대의 인물 오승운의 소설. 당나라 때 현장법사가 기록한 『대당서역기』를 바탕으로 요괴 이야기를 뒤섞어 만든 작품. 손오공 같은 캐릭터는 도교의 신으로도 숭배될 정도로 인기를 끌었다. 동양적인 판타지 작품을 구성하고자 생각한다면 빼놓을 수 없는 작품. 유불도 사상이 잘 조합되어 있을 뿐만 아니라, 동양적인 요괴와 술법이 펼쳐지는 작품으로서 영화, 만화, 애니메이션, 그리고 게임에 이르기까지 무수한 작품에 영감을 주었다.

특히 중국에서 게임 소재로 인기 있는 작품이다.

『스크랩드 프린세스』

사카키 이치로의 소설. 세계를 멸망시킬 맹독을 퍼트릴 것이라 예언되어 버려졌지만, 살아남은 공주를 주역으로 세계의 변화를 그린 작품.

『슬레이어즈』

국내에선 주로 애니메이션으로 알려진 작품으로 한국의 속칭 '먼치킨 판타지'에 영향을 주었다고 알려진 작품이지만, 칸자키 하지메의 원작 소설은 지금으로 보아도 상당히 참신한 세계 설정과 매우 어두운 이야기 구도로 깊이 있는 재미를 준다. 특히 적이기도 한 마족으로부터 힘을 빌려서 사용한다는 흑마술의 시스템에서 펼쳐지는 다채로운 이야기는 마치 과학 원리를 활용하여 내용을 전개하는 SF를 보듯이 느껴질 정도.

한편 개그 중심의 단편 외전 『슬레이어즈 스페셜』과 『스매쉬』 역시 볼 만하다. 국내에 정식 발매되진 않았지만, 만화, 애니 등으로 일부 소개되었고 개인 번역으로 찾아볼 수 있다. 판타지의 여러 요소를 잘 비틀어내고 마법으로 에어콘을 만드는 등 과학기술처럼 사용하는 아이디어가 넘쳐난다. 개그 요소에 초점을 맞춘 애니메이션보다는 원작 소설을 권한다.

『십이국기』

오노 후유미의 소설로, 중국의 신화 세계에서 영감을 얻은 작품
이다. 12개의 나라마다 영원한 생명을 가진 왕과 기린이 하늘
의 뜻에 따라서 통치하고 사람이나 동물이 나무에서 열려서 태
어난다는 설정은 서양의 판타지와 확연하게 다른 느낌으로 눈
길을 끈다. 우리 세계의 여고생이 십이국기라는 나라의 왕이 되
어가는 과정이나 왕으로 성장하는 과정을 그린 내용 면에서 차
원이동 판타지의 전형적인 구조를 갖고 있음에도 독창적인 세
계와 연출로서 매력을 주었다.

『아르슬란 전기』

다나카 요시키 소설. 중세 페르시아와 주변국, 페르시아 신화를
모티브로 만든 이야기로 전란 속에 성장하는 인물을 그려냈다.

『아서왕 궁전의 코네티컷 양키』

마크 트웨인의 소설. 아서왕 시대로 간 19세기 미국인이 마법
사가 되어 그 시대의 문명을 바꾸어나가는 이야기를 그려냈다.

아서왕 전설

중세의 대표적인 기사 무용담 중 하나로 기사 이야기의 전통과
기사도의 설정을 잘 알 수 있다. 국내에선 토머스 불핀치의 『아
서왕과 원탁의 기사들』로 잘 알려졌지만, 필립 리브의 『아서왕,
여기 잠들다』, 장 마르칼의 『아발론 연대기』 같은 소설을 통해

서도 충실한 내용을 볼 수 있다.

야만인 코난

근육질의 영웅 코난을 주역으로 한 로버트 E. 하워드의 소설 시리즈. 영화와 온라인 게임으로도 제작했다. 전형적인 영웅 판타지 작품으로 영웅 판타지의 스타일과 특성을 이해하는 데 도움이 된다.

'어스시' 시리즈

『반지의 제왕』, 『나니아 연대기』와 함께 '3대 판타지'로 불리는 작품이다. SF 작가로도 알려진 어슐러 르 귄의 작품들은 판타지가 선과 악의 거대한 싸움만이 아니라, 개인의 성찰을 담아낸 이야기일 수도 있다는 것을 느끼게 한다. 새매라고 불리는 한 청년의 이야기, 그리고 여기에서 연결되는 여러 내용들은 흥미로운 세계에 살아가는 다양한 사람의 모습을 보여준다.

'얼음과 불의 노래' 시리즈

조지 R. R. 마틴의 소설로, 미국 드라마 〈왕좌의 게임〉의 원작이다. 무엇보다도 '예기치 못한 배신으로 충격을 주는 작품'으로서 눈길을 끈다. 주인공처럼 보인 인물이 허무하게 죽어버리고, 반대로 죽었으면 하는 인물이 끝까지 살아남는 전개는 낭만적이었던 판타지 세계의 분위기를 일신하면서 깊은 감동을 준다. 영국을 모델로 하여 엮어낸 독특한 세계의 모습, 환상적인 요소

가 크게 눈에 띄지 않으면서도 판타지의 재미를 충실히 살린 것
도 매력이다. 소설 시리즈의 부피가 상당한 만큼 읽기 어렵다면,
드라마나 그래픽 노블로 접하는 것도 괜찮다.

「오즈의 마법사」

라이먼 프랭크 바움의 판타지 시리즈. 오즈라는 세계를 무대로
여러 사람의 모험담을 그렸다. 14편의 본편 외에 여러 작가가
외전을 썼지만, 도로시라는 소녀의 첫 번째 모험을 그린 「오즈
의 위대한 마법사」 편이 가장 유명하다.

「와일드 카드」

조지 R. R. 마틴 등 뉴 멕시코 주에 사는 SF 작가들이 하나의 세
계관을 바탕으로 집필한 슈퍼 히어로 단편집 시리즈. 외계 바이
러스에 의해 DNA가 변형되어 특수한 능력을 갖게 된 세계에서
다양한 슈퍼 히어로가 활약한다.

「음양사」

유메마쿠라 바쿠의 소설. 헤이안 시대의 음양사인 아베노 세이
메이 이야기를 그렸다.

「이상한 나라의 앨리스」

영국 수학자이자 작가인 루이스 캐럴의 소설. 토끼굴을 통해 기
묘한 세계로 향한 소녀가 환상적인 모험을 겪는 이야기를 담고

있다. 속편으로 『거울 나라의 앨리스』가 있다.

이솝 우화

기원전 6세기경에 살았던 고대 그리스 작가 아이소포스가 집필한 작품집. 주로 동물, 잡화, 자연현상 따위를 등장인물로 하여 다양한 교훈을 주는 내용을 담고 있다. 현존하는 건 훗날 기록된 것으로 그 중엔 뒷날 추가된 내용도 많다고 여겨진다

『일리움』

미국 작가 댄 시먼스의 SF 소설. 호메로스의 작품, 일리아드를 미래의 지구와 화성을 무대로 재창조한 작품으로 신들의 세계인 화성의 올림포스산을 공격하는 장면이 인상적이다. 속편으로 『올림포스』가 있다.

『제니의 초상』

미국의 시인이자 작가인 로버트 네이선의 소설. 가난한 화가가 짧은 시간 동안 어린 아이에서 성인으로 자라는 신비한 여성 제니의 그림을 그려나가는 환상적인 로맨스. 같은 해 영화로도 제작했다.

『찰리와 초콜릿 공장』

로알드 달의 판타지 작품. 신비한 초콜릿 공장을 방문한 소년들의 이야기로, '몰입'에 빠진 아이들이 처벌받는 이야기가 눈

길을 끈다.

『철학자의 돌』

그레고리 키스의 소설. 연금술을 해석해낸 뉴턴과 제자인 프랭클린이 인류를 위협하는 초자연적인 존재와 맞서 싸우는 이야기. 연금술이 과학이라고 불리는 상황에서 실제 역사와 엮어나는 이야기를 흥미롭게 그려내고 있다.

『타라 덩컨』

소피 오두인 마미코니안의 판타지 시리즈. 강력한 마법사 혈통의 소녀가 마법 행성에서 마법을 배우고 모험을 하는 이야기로, 해리포터 시리즈처럼 편하게 읽을 수 있으면서도 깊이 있는 내용으로 호평을 받았다.

'트와일라잇' 시리즈

스테프니 메이어의 장편 시리즈. 흡혈귀, 늑대인간과 같은 초현실적인 존재와 한 소녀의 사랑을 엮어낸 작품으로 완성도 높은 판타지 로맨스를 느끼게 한다.

『판차탄트라』

고대 인도의 설화집. 원본은 현존하지 않으나 6세기경부터 페르시아어를 시작으로 여러 나라 언어로 번역되었다. 『천일야화』에도 영향을 주었다고 한다.

『프랑켄슈타인』

영국 작가 메리 셸리의 소설. 당시 유행하던 생체전기 이론을 도입하여 전기로 완벽한 인간을 만들려다가 괴물을 만들고만 프랑켄슈타인 박사가 괴물과 대결하는 이야기. 고전 SF 작품으로, 여기서 나온 괴물은 이후 '프랑켄슈타인'이란 이름으로 SF, 판타지에 자주 등장했다.

『피터팬』

제임스 매튜 배리의 소설. 네버랜드라고 불리는 신비한 세계에 살고 있는 소년 피터팬과 함께 환상 세계를 찾아간 소년들의 모험담을 그린 작품. '피터와 웬디'를 시작으로 여러 작품이 있으며, 애니메이션으로도 호평받았다.

『하느님 끌기』

제임스 모로의 풍자 소설. 거대한 신의 시체가 발견되어 상하지 않도록 극지방으로 끌고가는 과정의 이야기로서, 종교에 대해서 다시 살펴보게 만드는 이야기.

『하르츠산의 흰 늑대』

영국작가 프레데릭 마리아트의 고딕 소설 『유령선』에 수록된 단편으로 근대 늑대인간물의 시초라고 한다.

'해리 포터' 시리즈

해리 포터의 모험담을 그린 작품. 굉장히 대중적이지만 그만큼 완성도 높은 작품으로 일상에 존재할지도 모르는 마법사 소년의 이야기를 진짜로 존재하는 것처럼 엮어냈다.

『호빗』

반지의 제왕의 전작으로 호빗의 모험을 동화로 만들었다. 『반지의 제왕』과 달리 동화적인 내용으로 아이들도 쉽게 볼 수 있지만, 내면에 충실한 깊이를 보여준다.

『호호 아줌마』

노르웨이 작가 알프 프뢰이센의 동화. 숟가락만큼 작아지는 아줌마의 모험담으로, 일본에서 〈스푼 아줌마〉라는 애니메이션으로 제작되어 국내에서도 소개했다.

『화성의 공주』

에드거 라이스 버로스의 SF모험물, 화성 시리즈의 첫 작품. 유체 이탈로 화성에 순간이동한 미국인이 화성의 악당을 물리치고 사랑을 얻는 영웅 모험물 구조를 갖고 있으며, 〈스타워즈〉, 〈아바타〉 등 많은 작품에 영향을 주었다.

국내 작품

『구운몽』, 김만중 지음

서포 김만중이 유배 시절 어머니의 한가함과 근심을 덜어주기 위해 지었다는 한국의 고전소설. 성진이란 불제자가 하루 밤의 꿈속에서 온갖 부귀영화를 맛보고 깨어나 꿈과 세상이 다르지 않음을 깨닫고 불법에 진심으로 귀의한다는 내용의 작품. 중국, 일본에도 번역, 소개되었고, 영문으로 번역된 최초의 한국 소설 이기도 하다.

『금오신화』 김시습 지음

조선 전기의 시인이자 작가, 승려인 김시습이 지은 조선 최초의 한문 소설. 불교와 도교 사상이 반영되어 귀신과 사랑을 나누거나 염마왕과 토론하고, 용왕을 만나는 등 신비한 내용을 담은 5편의 단편 소설이 담겨 있다.

『눈물을 마시는 새』 이영도 지음, 황금가지, 2003

『드래곤 라자』의 작가인 이영도의 작품으로 엘프나 드워프 같은 종족이 등장하는 『반지의 제왕』에서 시작된 서양의 판타지 세계의 원형에서 벗어나 독자적인 세계관을 창조한 작품이다. 이영도의 여러 작품 중에서 특히 쉽고 재미있게 읽히는 작품일 뿐만 아니라, 도깨비, 레콘, 나가 같은 독자적인 종족의 설정이 재미있게 엮어져서 개성적인 느낌을 준다.

『더 세틀러』 이위 지음, 동아, 2008

한국작가 이위의 소설. 화성 식민지 건설을 떠난 우주 함대가 차원 이동으로 판타지 세계에 향하여 활약하는 내용을 그렸다.

『드래곤 라자』 이영도 지음, 황금가지, 2008

이영도의 장편 소설. 드래곤과 주인공 후치를 중심으로 벌어지는 모험담을 그린 작품으로 판타지의 상업적 성공을 이끌었다.

『레기오스』 임달영 지음, 퇴설당, 1995

임달영의 장편 소설. 퇴마 스타일이 아닌 판타지로서는 국내 최초 작품이다. PC통신 SF 연재란에 연재되었으며, 판타지 문화를 사람들에게 인식시킨 작품으로 기억된다.

『머털 도사』 이두호 지음, 청년사, 2004

한국적인 요괴와 도사의 이야기를 재미있게 엮어낸 이야기. 특히 「108 요괴편」은 질병이나 고난 같은 다양한 특성의 요괴와의 대결에서 여러 가지 술법과 요술이 등장하면서 재미를 준다. 머리카락을 세우거나 뽑아서 날리면서 벌어지는 머털도사의 특이한 술법이 눈길을 끄는 작품.

『모살기』 곽재식 지음, 온우주, 2013

정밀한 자료조사에 작가의 손이 깃들면 낯선 세계에 생생함을 불러일으킬 수 있다는 걸 보여주는 작품집. 물론 재미는 기본.

『바람의 나라』 김진 지음

고구려 3대왕인 대무신왕(무휼)을 주역으로 엮어낸 역사 판타지. 실제 고구려의 역사에 요괴나 술법과 같은 요소를 매우 자연스럽게 뒤섞은 작품으로서 한국에 역사 판타지의 가능성을 충실하게 보여준 작품으로 기억된다. 김진 작가 특유의 깊이 있는 구도와 인물 구성, 그리고 흥미로운 세계관으로 인기를 모았으며, 넥슨의 게임 시리즈로도 인기가 높다.

『바람의 마도사』 김근우 지음, 북박스, 2006

김근우의 장편 소설, 국내 최초로 상업 출간된 정통 판타지 작품.

『옥스타칼니스의 아이들』 김민영 지음, 황금가지, 1999

게임과 현실이 뒤섞이는 김민영의 소설. 한국 최초의 게임 소설로서 가상현실 세계의 상황이 현실에 영향을 미친다는 내용으로서 화제를 모았다.

『임진록』 작자 미상

임진왜란을 다룬 조선시대 군담소설. 작자 미상으로 사명대사가 신통력으로 일본을 가라앉힌다고 위협하거나, 신이 된 관우가 적장을 베어버리면서 조선이 임진왜란에 성공하고 일본을 침공하는 등 역사와는 다른 내용을 담고 있다.

『전우치전』 작자 미상

조선 시대에 실재한 전우치라는 인물을 소재로 한 작품. 홍길
동전의 영향으로 탐관오리를 규탄하는 등의 내용이 등장하지
만, 신선사상을 바탕으로 도술 표현에 초점을 맞춘 게 특징이다.

『집으로 돌아가는 길』 김이환 지음, 디앤씨미디어, 2010

많은 이들이 어린 시절 장난감에게 이름을 붙여 특별한 친구로
대해본 적이 있다. 또한 살면서 한 번쯤 너무 버거운 삶에서 그
만 떠나고 싶다는 충동을 느껴본 이도 적지 않을 것이다. 흔한
추억과 경험이 작가의 상상력을 통해 재탄생한 평범하면서도
특별하고 슬프면서 따뜻한 환상소설.

『테러리스트』 송경아 지음, 문학과지성사, 1999

출간할 때 환상소설로 나온 작품은 아니다. 하지만 흔히 아는 단
어에 새로운 의미를 부여하는 것만으로 현실을 비틀어 독특한
환상소설이 될 수 있다는 걸 보여주는 작품.

『퇴마록』 이우혁 지음, 엘릭시르, 2011

오컬트를 소재로 한 판타지 작품. 현대의 한국을 무대로 사악
한 악령이나 주술로 괴로워하는 사람들을 돕는 퇴마사의 활약
을 그린 작품으로, 세계 각지의 다양한 신화, 전설, 그리고 술법
이나 심지어 무협적인 요소까지 뒤섞어서 하나의 세계를 완성
한 작품이다. 국내편과 세계편 등 긴 내용의 작품으로 이 세계

를 소개하는 해설서도 준비되어 있다.

『홍길동전』 허균 지음

허균이 지은 한글 소설. 서자의 차별이 심한 조선을 무대로 의적 홍길동이 술법과 무술로 뜻을 펼쳐나가는 이야기를 담고 있다.

『화왕계』 설총 지음

신라의 학자 설총이 지었다는 작품. 한국 최초의 설화로 알려진 작품으로 꽃을 의인화하여 충신을 가까이하고, 간신을 멀리하라는 이야기를 담고 있다.

국립중앙도서관 출판예정도서목록(CIP)

웹소설 작가를 위한 장르 가이드. 2, 판타지 / 지은이: 전홍식, 박애진. — 서울 : 북바이북, 2015
    p. ;   cm

    권말부록: 판타지 장르를 이해하는 데 도움이 되는 책
    ISBN 979-11-85400-21-1 04800 : ₩9800
    ISBN 979-11-85400-19-8 (세트) 04800

    문학 장르[文學—]

    802.3–KDC6
    808.3–DDC23   CIP2015033530

웹소설 작가를 위한 장르 가이드 2
판타지

2015년 12월 10일 1판 1쇄 인쇄
2015년 12월 20일 1판 1쇄 발행

지은이	전홍식, 박애진
펴낸이	한기호
펴낸곳	북바이북

출판등록 2009년 5월 12일 제313-2009-100호
주소 121-839 서울시 마포구 서교동 484-1 삼성빌딩A동 2층
전화 02-336-5675 팩스 02-337-5347
이메일   kpm@kpm21.co.kr
홈페이지 www.kpm21.co.kr

ISBN 979-11-85400-21-1 04800
       979-11-85400-19-8 (세트)

북바이북은 한국출판마케팅연구소의 임프린트입니다.
책값은 뒤표지에 있습니다.